# 中國語言文字研究輯刊

四　編

許　錟　輝　主編

第 7 冊

先秦同形字舉要（上）

詹　今　慧　著

花木蘭文化出版社

國家圖書館出版品預行編目資料

先秦同形字舉要（上）／詹今慧 著 — 初版 — 新北市：花木蘭文化出版社，2013〔民 102〕

目 2+148 面；21×29.7 公分

（中國語言文字研究輯刊 四編：第 7 冊）

ISBN：978-986-322-216-3（精裝）

1. 古文字學 2. 先秦

802.08　　　　　　　　　　　　　　　102002763

ISBN-978-986-322-216-3

9 789863 222163

中國語言文字研究輯刊

四 編　第七 冊　　　ISBN：978-986-322-216-3

先秦同形字舉要（上）

作　　者　詹今慧
主　　編　許錟輝
總 編 輯　杜潔祥
出　　版　花木蘭文化出版社
發 行 所　花木蘭文化出版社
發 行 人　高小娟
聯絡地址　235 新北市中和區中安街七二號十三樓
　　　　　電話：02-2923-1455／傳眞：02-2923-1452
網　　址　http://www.huamulan.tw 信箱 sut81518@gmail.com
印　　刷　普羅文化出版廣告事業
初　　版　2013 年 3 月
定　　價　四編 14 冊（精裝）新台幣 32,000 元

# 先秦同形字舉要（上）

詹今慧　著

## 作者簡介

詹今慧，臺灣苗栗人，國立政治大學中國文學系學士、碩士、博士。曾任中央研究院歷史語言研究所、資訊科學研究所計畫助理，以及耕莘健康管理專科學校國文科兼任講師，現任中央研究院資訊科技創新研究中心計畫助理。著有《先秦同形字研究舉要》（政大中文所碩士論文，2005 年 1 月）、《周秦漢出土法律文獻研究》（政大中文所博士論文，2012 年 1 月），編有《Unicode 電腦漢字及異體字研究附字典》（2011 年 1 月）。

## 提　要

　　所謂「同形字」，即字形相同、卻含有不同音義的字組，且其不同音義間，彼此並無「引申」或「假借」的關係。此類字形和音義間的複雜關係，極易造成字形辨識時的錯誤認知，進而影響「地下新材料」的正確釋讀，此是所有想利用「地下新材料」進行學術研究者，皆必須面對的一項重要課題。

　　本論文運用「同形字」的觀念和方法，重新考釋古文字中的疑難字詞，材料以殷商甲骨文、兩周金文與戰國楚簡文字為主。再從彙整的「同形字組」例證，歸納「先秦」出現「同形字」的成因，分別為「字形同源」、「字形繁簡、形訛」和「構字本義不同，字形偶然相同」。最後將「同形字組」置於「先秦」時空座標，觀察古文字在不同時空中所呈現的構形與演變特色。

# 目
# 次

**上　冊**
凡　例
第一章　緒　論 ……………………………………………… 1
　第一節　研究動機 ………………………………………… 1
　第二節　研究回顧 ………………………………………… 3
　第三節　「同形字」義界 ………………………………… 8
　第四節　研究範圍 ……………………………………… 10
　第五節　研究方法 ……………………………………… 11
　第六節　研究目的 ……………………………………… 16
第二章　始見於殷商甲骨文之同形字組 ……………… 19
　第一節　「丁」、「祊」同形 ……………………… 19
　第二節　「口」、「曰」、「廿」同形 ……………… 28
　第三節　「呂」、「宮／雝」同形 ………………… 34
　第四節　「凡」、「同」同形 ……………………… 51
　第五節　「凡」、「舟」同形 ……………………… 58
　第六節　「俎」、「宜」同形 ……………………… 66
　第七節　「司」、「后」同形 ……………………… 75
第三章　始見於兩周金文之同形字組 ………………… 89
　第一節　「衣」、「卒」同形 ……………………… 89
　第二節　「足」、「疋」同形 ……………………… 107
　第三節　「巳」、「已」同形 ……………………… 112

第四節　「凡」、「井」同形 ……………………………………… 122

第五節　「廾」、「揚」同形 ……………………………………… 124

第六節　「垂」、「人」、「匕」、「又」同形 ………………… 127

第七節　「斗」、「垂」同形 ……………………………………… 135

第八節　「也」、「号」同形 ……………………………………… 141

**下　冊**

**第四章　始見於戰國楚簡之同形字組** …………………………… 145

第一節　「弁」、「使」同形 ……………………………………… 145

第二節　「戈」、「弋」、「干」同形 …………………………… 164

第三節　「干」、「弋」同形 ……………………………………… 180

第四節　「甘」、「昌」同形 ……………………………………… 185

第五節　「也」、「只」同形 ……………………………………… 188

第六節　「能」、「一」同形 ……………………………………… 196

**第五章　始見於戰國楚簡之部件同形字組** ……………………… 209

第一節　「右」、「厷」部件同形 ………………………………… 209

第二節　「云」、「㠯」部件同形 ………………………………… 211

第三節　「丑」、「升」、「夂」部件同形 ……………………… 213

**第六章　分見於不同書寫材質之同形字組** ……………………… 225

第一節　「星」、「三」同形 ……………………………………… 225

第二節　「彗」、「羽」同形 ……………………………………… 230

第三節　「道」、「行」、「永」同形 …………………………… 239

第四節　「侃」、「冶」、「強」同形 …………………………… 246

第五節　「窣（卒）」、「窣（狄）」同形 ……………………… 254

第六節　「訇」、「㕛」同形 ……………………………………… 259

**第七章　結　論** …………………………………………………… 267

**附錄一　「同形字」表** ………………………………………… 279

**附錄二　原疑為「同形字」組** ………………………………… 287

第一節　「巳」、「也」不同形 …………………………………… 287

第二節　「執」、「埶」不同形 …………………………………… 290

第三節　「瑟」、「丌」不同形 …………………………………… 294

**參考書目** ………………………………………………………… 299

# 凡　例

一、本論文分成七個章節，除第一章「緒論」、第七章「結論」外，共分成第二章「始見於殷商甲骨文之同形字組」、第三章「始見於兩周金文之同形字組」、第四章「始見於戰國楚簡之同形字組」、第五章「始見於戰國楚簡之部件同形字組」、第六章「分見於不同書寫材質之同形字組」。第二章至第四章的「始見」，表示「同形字組」出現的最早時間，第五章的「始見」，表示「部件同形字組」出現的最早時間。「部件」為「組成合體字的獨體文」；而「部件同形字組」，指「同形字」在「合體字」中以「部件」展示的「同形」現象。

二、本論文有三個附錄，附錄一有二表，一是本論文《先秦同形字舉要・研究計畫》於 2002 年 10 月提出時所列的「同形字」表。二是本論文《先秦同形字舉要》實際討論的「同形字」表。附錄二「原疑為同形字組」，是本疑為「同形字組」，但討論後發現並非「同形字組」。附錄三為「參考書目」，概分為「專書」與「單篇論文」兩大類。

三、本論文第二章「始見於殷商甲骨文之同形字組」、第三章「始見於兩周金文之同形字組」、第四章「始見於戰國楚簡之同形字組」、第六章「分見於不同書寫材質之同形字組」，每節的敘述模式大致為一、同形字字形舉隅，二、同形字辭例舉隅，三、同形字辭例說明，四、同形原因析論，五、相關字詞析論等。但每節的撰寫情形又會據字組特性而有所不同，如某些「同形

辭例」需要討論，標題即改成「同形字辭例析論」。在「同形原因析論」前，皆會先探討每組「同形字」的本義，以確定「同形字組」的每個字本都是「音義完全不同，各自獨立的字」。而「相關字詞析論」，主要都是運用「同形」觀念，考釋具爭議性的「同形字」，和討論「同形字」在「合體字」以「部件」展示所代表的意義。

四、釋文除討論字之外，盡量採用寬式隸定，不能隸定者採用原始圖形，缺字使用謝清俊、莊德明「缺字公用程式」（http://www.sinica.edu.tw/~cdp/），《金文編》字形採用黃沛榮「電腦古文字形——金文編」。

五、標點符號依照古文字學界慣例，□表示缺一字；☑表示缺若干字；……表示前後文還有字；／表示分段符號；（　）表示今字、通假字；（？）表示括號前一字的隸定有疑問；〔　〕標示依文義應有之字。

六、本文上古擬音皆採自郭錫良《漢字古音手冊》（北京：北京大學出版社，1985），不另加註。

七、本文對所有受業師長與前輩學者，一律不加「師」、「先生」等敬稱。

八、常用書籍簡稱

（一）甲骨文書籍簡稱

1. 郭沫若主編《甲骨文合集》（北京：中華書局，1978～1982）⇨《合》

2. 姚孝遂、肖丁《殷墟甲骨刻辭類纂》（北京：中華書局，1989）⇨《類纂》

3. 胡厚宣主編《甲骨文合集釋文》（北京：中國社會科學出版社，1999）⇨《胡釋文》

4. 于省吾主編《甲骨文字詁林》（北京：中華書局，1996）⇨甲詁+編號

（二）金文書籍簡稱

1. 中國社會科學院考古研究所《殷周金文集成》（北京：中華書局，1984～1994）⇨《集》

2. 馬承源《商周青銅器銘文選》（北京：文物出版社，1988）⇨《銘文選》

3. 周法高主編《金文詁林》（香港：中文大學，1974～1975）⇨金詁+編號

（三）《郭店楚簡》簡稱

《郭店楚簡·老子甲》⇨【郭 1.1+簡號】

《郭店楚簡·老子乙》⇨【郭 1.2+簡號】

《郭店楚簡·老子丙》⇨【郭 1.3+簡號】

《郭店楚簡·太一生水》⇨【郭 2+簡號】

《郭店楚簡·緇衣》⇨【郭 3+簡號】

《郭店楚簡·魯穆公問子思》⇨【郭 4+簡號】

《郭店楚簡·窮達以時》⇨【郭 5+簡號】

《郭店楚簡·五行》⇨【郭 6+簡號】

《郭店楚簡·唐虞之道》⇨【郭 7+簡號】

《郭店楚簡·忠信之道》⇨【郭 8+簡號】

《郭店楚簡·成之聞之》⇨【郭 9+簡號】

《郭店楚簡·尊德義》⇨【郭 10+簡號】

《郭店楚簡·性自命出》⇨【郭 11+簡號】

《郭店楚簡·六德》⇨【郭 12+簡號】

《郭店楚簡·語叢一》⇨【郭 13+簡號】

《郭店楚簡·語叢二》⇨【郭 14+簡號】

《郭店楚簡·語叢三》⇨【郭 15+簡號】

《郭店楚簡·語叢四》⇨【郭 16+簡號】

（四）《上海博物館藏戰國楚竹書》簡稱

《上海博物館藏戰國楚竹書一·孔子詩論》⇨【上博一孔+簡號】

《上海博物館藏戰國楚竹書一·紂衣》⇨【上博一紂+簡號】

《上海博物館藏戰國楚竹書一·性情論》⇨【上博一性+簡號】

《上海博物館藏戰國楚竹書二·民之父母》⇨【上博二民+簡號】

《上海博物館藏戰國楚竹書二·子羔》⇨【上博二子+簡號】

《上海博物館藏戰國楚竹書二·魯邦大旱》⇨【上博二魯+簡號】

《上海博物館藏戰國楚竹書二·從政》⇨【上博二從（甲／乙）+簡號】

《上海博物館藏戰國楚竹書二·昔者君老》⇨【上博二昔+簡號】

《上海博物館藏戰國楚竹書二·容成氏》⇨【上博二容+簡號】

《上海博物館藏戰國楚竹書三·周易》⇨【上博三周+簡號】

《上海博物館藏戰國楚竹書三·中弓》⇨【上博三中+簡號】

《上海博物館藏戰國楚竹書三‧亙先》⇨【上博三亙+簡號】

《上海博物館藏戰國楚竹書三‧彭祖》⇨【上博三彭+簡號】

（五）其　他

1. 何琳儀《戰國古文字典》（北京：中華書局，1998）⇨戰國典+頁碼

2. 滕壬生《楚系簡帛文字編》（武漢：湖北教育出版社，1995）⇨滕編+頁碼

# 第一章　緒　論

## 第一節　研究動機

　　王國維在清華國學研究院講授「古史新證」時，提出以「地下之新材料」印證「紙上之材料」的「二重證據法」，課程內容主要以甲骨卜辭與傳世古籍講授殷商史，如將《史記》商王世系，以卜辭證之，得出大致不誤的結論。〔註1〕

　　王國維「二重證據法」的使用並不限於甲骨文，金文則可利用銅器銘文校讀《詩》、《書》，如據盂鼎「匍有四方」，指出《尚書·金縢》「敷佑四方」的「佑」為「有」之假借，非傳云「布其德教以佑助四方」之「佑助」義。〔註2〕

　　當時囿於出土材料，所以王國維只能將「二重證據法」之「地下新材料」，局限於甲骨文字與金文。〔註3〕近來地不愛寶，所謂「地下新材料」不斷面世，涉及的內容也愈來愈多元，如《郭店楚墓竹簡》包含了道家簡與儒家簡，道家

---

〔註1〕 王國維，《古史新證·王國維最後的講義》，2～3、52 頁，北京：清華大學出版社，1994 年。

〔註2〕 王國維，《觀堂集林·與友人論詩、書中成語書二》，43 頁，石家莊：河北教育出版社，2001 年 11 月。

〔註3〕 王國維，《古史新證·王國維最後的講義》，4 頁，北京：清華大學出版社，1994 年。

簡如《老子》甲、乙、丙三組和《太一生水》；儒家簡如《緇衣》、《五行》、《性自命出》等。《上海博物館藏戰國楚竹書》的內容更加豐富，涉及哲學、文學、歷史、宗教、軍事、教育、政論、音樂、文字學等，以儒家簡爲主，兼及道家、兵家、陰陽家等等。〔註4〕這些新出土的楚簡文獻，對於先秦學術史的研究非常重要。

　　但筆者於本論文擬強調的是「二重證據法」中使用「地下新材料」的困難度，當研究者援引這批「地下新材料」進行先秦學術研究時，首先面臨的即是「文字釋讀」的難題，若是無法將這批「地下新材料」的「文字」作「正確釋讀」，接著以此爲論述基礎的研究皆空泛而危險，故擬使用「二重證據法」研究者，首先皆須具備「釋讀古文字」的能力。筆者所謂「古文字」，爲「見於考古資料上早於小篆的文字」，〔註5〕它們的形體與我們所熟知的楷書差距頗大，需要專門知識方能辨認。

　　釋讀「古文字」得注意「文字」本身「形」、「音」、「義」三者間的關係，如段玉裁說：

> 小學有形有音有義，三者互求，舉一可得其二。學者之攷字，因形以得其音，因音以得其義。〔註6〕

于省吾解釋得更詳盡：

> 古文字是客觀存在的，有形可識，有音可讀，有義可尋。其形、音、義之間是相互聯繫的。而且任何古文字都不是孤立存在的。我們研究古文字，既應注意每一字本身的形、音、義三方面的相互關係，又應注意每一個字和其他同時代的字的橫的關係，以及它們在不同時代的發生、發展和變化的縱的關係。〔註7〕

在「形」、「音」、「義」並重的前提下，繼續參照于省吾的解釋：

> 留存至今的某些古文字的音與義或一時不可確知，然其字形則爲確

---

〔註4〕馬承源，《上海博物館藏戰國楚竹書（一）・序》，2 頁，上海：上海古籍出版社，2001 年 11 月。

〔註5〕裘錫圭，〈談談學習古文字的方法〉，《語文導報》，1985 年 10 期。

〔註6〕王念孫，《廣雅疏證・段玉裁序》，2 頁，南京：江蘇古籍出版社，2000 年 9 月。

〔註7〕于省吾，《甲骨文字釋林》，序頁 3，北京：中華書局，1979 年。

切不移的客觀存在，因而字形是我們實事求是地進行研究的唯一基礎。有的人卻說：『釋文字，含義以就形者，必多窒礙不通；而屈形以就義者，卻往往犁然有當。』這種方法完全是本末倒置，必然導致主觀、望文生義、削足適履地改易客觀存在的字形以遷就一己之見，這和眞正科學的方法，是完全背道而馳的。〔註8〕

可見正確釋讀古文字，仍宜以「字形」爲優先考量，其次再尋求其間「音」與「義」的疏通。

謹遵「辨認字形」爲釋讀「地下新材料」的首要步驟，經常會遭遇以下兩種情境：一是字形不同的字，卻含有相同的音義；二是字形相同的字，卻含有不同的音義，且其不同音義間彼此並無「引申」或「假借」關係。文字學家稱前者爲「異體字」，稱後者爲「同形字」，皆反應了字形、字音、字義間的複雜關係。

此類字形、字音、字義間的複雜關係，極易造成字形辨識時的誤判，會影響「地下新材料」文本的正確釋讀，故此爲所有想利用「地下新材料」作學術研究者，皆必須面對的一項考驗。「異體字」，無論是甲骨文、金文或是戰國文字皆已有專文討論，尤其是編纂各類文字編時，它更是首要必須解決的前提；反觀「同形字」，由於它們散佈於各類出土材料，至今尚無人對它們展開全面整理，所以大家對「同形字」的認識仍不夠充分。因此筆者擬以「先秦同形字」爲研究主題，冀望對先秦古文字的同形現象，作更詳盡的討論。

## 第二節　研究回顧

「同形字」的專題討論，首見於 1938 年沈兼士的著作，但直到最近十餘年才有較大的開展，以筆者蒐集、依文章發表先後次序羅列於下：

1938 年，沈兼士〈初期意符字之特性〉（寫於 1938 年，引自《沈兼士學術論文集》，北京：中華書局，1986 年）。

1963 年，戴君仁〈同形異字〉，《臺灣大學文史哲學報》12 卷。

1981 年，陳煒湛〈甲骨文異字同形例〉，《古文字研究》第六輯。

1988 年，龍宇純〈廣同形異字〉，《臺灣大學文史哲學報》36 卷。

〔註8〕于省吾，《甲骨文字釋林》，序頁3～4，北京：中華書局，1979 年。

1989 年，李孝定〈戴君仁先生同形異字說平議〉，《東海學報》30 卷。

1992 年，詹鄞鑫《漢字說略・同形字》，瀋陽：遼寧教育出版社。

1993 年，裘錫圭《文字學概要・第 10 章・（二）「同形字」》，臺北：萬卷樓圖書有限公司，1993 年 3 月初版，2001 年 2 月再版 4 刷。

1996 年，陳偉武〈戰國秦漢「同形字」論綱〉，《于省吾教授百年誕辰紀念文集》，長春：吉林大學出版社。

1997 年，李運富《楚國簡帛文字構形系統研究・異符位同形字》，長沙：嶽麓書社。

2001 年，宋建華〈論文字的同化現象—《說文》同形字舉例〉，新竹：元培科學技術學院，第一屆通識教育學術研討會論文集。

2002 年，施順生〈甲骨文異字同形之探討〉，《第十三屆全國暨海峽兩岸中國文字學術研討會論文集》，臺北：萬卷樓圖書有限公司。

2002 年，朱歧祥〈甲金文中的「同形現象」〉，臺中：逢甲大學中文系，第五屆中區文字學座談會。

2002 年，林清源〈構形類化與同形異字——以楚國簡帛文字爲例〉，臺中：逢甲大學中文系，第五屆中區文字學座談會。

2002 年，宋建華〈說文小篆中的「同形現象」〉，臺中：逢甲大學中文系，第五屆中區文字學座談會。

2002 年，林芳伊〈試論《說文》同形現象〉，臺中：逢甲大學中文系，第五屆中區文字學座談會。

2003 年，林芳伊《說文小篆同形現象研究》，臺中：逢甲大學中文系碩士論文。

上述文章可依內容分爲四類：（一）總論「同形字」類。（二）專論「甲骨文同形字」類。（三）專論「秦漢簡牘同形字」類。（四）專論「《說文》同形字」類。以下依序介紹：

（一）總論「同形字」類：

沈兼士在 1938 年〈初期意符字之特性〉，首先提出「初期意符字形音義是不固定的」，所以會出現「在形非字書所云重文、或體之謂，在義非訓詁家所云引申假借之謂，在音非古音家所云聲韻通轉之謂。而其形其音其義率皆後世認爲斷

斷乎不相干者」，[註9] 此「一形多用」，即後來所有討論「同形字」的理論基礎。

　　戴君仁在 1963 年〈同形異字〉，首先稱此「一形多用」的現象爲「同形異字」，將其義界定爲「凡以一字之字形，表示異音異義、同音異義、同義異音之兩語者，均得稱之同形異字」，且舉丨、屮、正等六十四組字例爲證，最後歸納同形原因爲「異言語」（如兩讀），「異書體」（如小篆之與古籀或體及甲骨金文），和「異書法」三類。[註10]

　　爾後，龍宇純在〈廣同形異字〉、李孝定在〈戴君仁先生同形異字說平議〉，分別對「同形異字」展開討論。龍宇純認爲「蓋同形異字之說，本係針對恆常『不論音義如何，同形即是同字』之觀念而發，凡同一之字形，若其具有兩個或多個互不相涉之讀音或意義，即其所表爲不同之語言，則無論爲始造如此，或由訛變而然，皆爲異字。」[註11] 而李孝定將戴君仁〈同形異字〉一文所舉六十四組字例，分別歸類成七項原因，說明「同形異字」，可能由不同的歷史因素所造成，如（甲）不同時代的文字，形體偶同或相似。（乙）不同時地的人，所造的字，偶然採取了相同的形符和聲符，代表不同的詞語，而這些字多數不是常用字，製成之後，爲後代字書所收錄，往往沿用迄今。（丙）誤認爲同形異字者。（丁）古本一字，後始分衍爲二者。（戊）古人偶用簡字者。（己）本無其字、依聲託事的假借字。（庚）其他。[註12]

　　詹鄞鑫在《漢字說略‧第五章　漢字的形音義關係》，特立「同形字」一節，分析「同形字」的成因有：（1）形體來源相同的同形字。（2）分別爲不同的詞而造的同形字。（3）隸變形體相混形成的同形字。（4）漢字簡化形成的同形字。[註13]

　　裘錫圭在《文字學概要‧第十章　異體字、同形字、同義換讀》，認爲「不同的字如果字形相同，就是同形字」。[註14] 再就筆者對裘錫圭文中「同形字」

〔註 9〕沈兼士，〈初期意符字之特性〉，《沈兼士學術論文集》，208 頁，北京：中華書局，1986 年。

〔註 10〕戴君仁，〈同形異字〉，《臺灣大學文史哲學報》12 卷，1963 年。

〔註 11〕龍宇純，〈廣同形異字〉，《臺灣大學文史哲學報》36 卷，1988 年 12 月。

〔註 12〕李孝定，〈戴君仁先生同形異字說平議〉，《東海學報》30 卷，1989 年 6 月。

〔註 13〕詹鄞鑫，《漢字說略‧同形字》，294～301 頁，瀋陽：遼寧教育出版社，1992 年。

〔註 14〕裘錫圭，《文字學概要》，237 頁，臺北：萬卷樓，2001 年 2 月再版 4 刷。

界定範圍的理解，它包括了（1）分頭爲不同的詞造的，字形偶然相同的字。（2）由於字體演變、簡化或訛變等原因，所造成的「同形字」。（3）由於形借而產生的，用同樣字形表現不同詞的現象。〔註15〕

### （二）專論「甲骨文同形字」類：

陳煒湛在〈甲骨文異字同形例〉，所舉「甲骨文同形字例」爲：下、入；女、母；正、足；山、火；臣、目；妓、多母；壬、工、示；甲、七；死、刏；子、巳；从、比；月、夕；广、又；水部件、乙；內、丙；尹、聿；殼、南；尸、弓、夷；毓（育）、后；豊、豐；糸、午；妊、母壬等。而造成甲骨文出現「同形字」的原因有：（1）字形的省簡。（2）異體字的存在。（3）意義上的聯繫。（4）文字演變之歷史因素等。〔註16〕

施順生在〈甲骨文異字同形之探討〉，所舉「甲骨文同形字例」爲：報甲與田；寅與交；午與十；災與用等。而造成甲骨文出現「同形字」的原因有：（1）造字之初即已同形。（2）同源分化。（3）合文。（4）形體的簡化、繁化、異化。（5）假借。〔註17〕

朱歧祥在〈甲金文中的「同形現象」〉，認爲甲骨文出現「同形字」的原因有（1）形近而混同。（2）義相類而混同。（3）變異的寫法而混同。（4）省略而混同。〔註18〕

### （三）專論「秦漢簡牘同形字」類：

陳偉武在〈戰國秦漢「同形字」論綱〉，所舉「戰國秦漢簡牘同形字例」爲：大、夫；未、朱；卯、卵；司、后；司、可；子、辛；白、日；丹、井；晉、昔；私、和；之、土；軍、庫；強、仁；依、倅等。而造成戰國秦漢簡牘出現「同形字」的原因有：（1）簡化。（2）繁化。（3）訛變。（4）書寫方式的不同。且附論「西周至春秋金文的同形字例」爲：乞三、又屮、周田、周用、王玉、

---

〔註15〕裘錫圭，《文字學概要》第 10 章（二）「同形字」，臺北：萬卷樓，2001 年 2 月再版 4 刷。

〔註16〕陳煒湛，〈甲骨文異字同形例〉，《古文字研究》第六輯，1981 年 11 月。

〔註17〕施順生，〈甲骨文異字同形之探討〉，《第十三屆全國暨海峽兩岸中國文字學術研討會論文集》，臺北：萬卷樓，2002 年。

〔註18〕朱歧祥，〈甲金文中的「同形現象」〉，第五屆中區文字學座談會，2002 年 11 月 29 日。

吉士、ナ又、自白、頡頁、大立、大夫、孔子、壬工、七人等。〔註19〕

　　李運富在《楚國簡帛文字構形系統研究‧異符位同形字》，認爲造成同形字和同形部件的的途徑有二：（1）訛變同形。（2）兼職同形。〔註20〕

　　林清源在〈構形類化與同形異字——以楚國簡帛文字爲例〉，認爲「同形異字」指兩個音義有別的詞，卻可用同一個字記錄。造成同形異字的原因相當複雜，其論文以楚國簡牘文字爲例，簡單介紹因文字構形類化而產生的同形字，如「赤」、「炎」爲「自體類化」而產生的同形字；「夏」、「是」爲「形近類化」而產生的同形字；「丹、朱、白、黃」和「紺、絑、絔、纊」爲「隨文類化」而產生的同形字。〔註21〕

## （四）專論「《說文》同形字」類：

　　宋建華在〈論文字的同化現象——《說文》同形字舉例〉、〈說文小篆中的「同形現象」〉，認爲字形的同化現象有二，（1）造形相同而構義有別。（2）字體形近混同，依其混同情形，又可分爲全形混同與偏旁混同兩類。〔註22〕

　　林芳伊在〈試論《說文》同形現象〉和《說文小篆同形現象研究》，皆認爲同形字是同一時空或不同時空，分別爲不同詞所造的兩字，兩字間可能因爲造字時的偶然相合，或者是因形體相近，後來發生同化作用，而形成同一字形有多重字義。〔註23〕

　　針對上述內容，筆者提出三點說明：

　　（一）李孝定在〈戴君仁先生同形異字說平議〉，爲「同形異字」形體偶同的現象，歸納七種形成的原因，並非反對「同形字」，而是明示「同形字」研究

〔註19〕陳偉武，〈戰國秦漢「同形字」論綱〉，《于省吾教授百年誕辰紀念文集》，長春：吉林大學出版社，1996年9月。

〔註20〕李運富，《楚國簡帛文字構形系統研究》，長沙：嶽麓書社，1997年。

〔註21〕林清源，〈構形類化與同形異字——以楚國簡帛文字爲例〉，第五屆中區文字學座談會，2002年11月29日。

〔註22〕宋建華，〈論文字的同化現象——《說文》同形字舉例〉，元培科學技術學院第一屆通識教育學術研討會論文集，2001年7月31日。宋建華，〈說文小篆中的「同形現象」〉，第五屆中區文字學座談會，2002年11月29日。

〔註23〕林芳伊，〈試論《說文》同形現象〉，第五屆中區文字學座談會，2002年11月29日。林芳伊，《說文小篆同形現象研究》，33頁，臺中：逢甲大學中文所碩士論文，2003年6月。

的終極目標。「同形字」，此違反中國文字「形、音、義」單一組合的慣例，「同一字形」卻兼有兩種以上相異的「音」、「義」，此相當不利於人際溝通與文化傳播，理論上不應存在，但於現今古文字材料中卻屢見不鮮，分析爲何會有此落差，才算是根本地討論了「同形字」這項議題。所以本論文在結論時，會歸納分析其成因。

（二）裘錫圭所言因「形借」而產生的同形現象，容易因同「聲符」的關係，而與「假借字」相混，如裘錫圭所舉「隻」字除表「單個」義外，還有「獲」義，「隻」字所以會有「獲」義，也可算在廣義的「假借」範圍內，所以筆者在本論文不擬處理這類「形借」的「同形字」。

（三）劉釗曾對文字「類化」與「同化」進行分析，其說爲：

> 「類化」又稱「同化」，是指文字在發展演變中，受語言環境，受同
> 一文字系統內部其他文字的影響，同時受自身形體的影響，在構形
> 和形體上相應的有所改變的現象，這種現象反應了「趨同性」的規
> 律，是文字規範化的表現。〔註24〕

故無論是林清源所謂的「類化」、宋建華所謂的「同化」，或是筆者在本論文所謂「字形訛變而同形」的敘述，皆指「文字趨同形的規律化運動」，但卻會在無意間造成「同樣字形表達不同語言」的「同形字」現象。

## 第三節　「同形字」義界

筆者在參考各家對「同形字」議題的討論後，對本論文《先秦同形字舉要》之「同形字」所擬的定義爲：「字形相同，但音、義不同」的字組，即就「同形字組」而言，彼此間的「古音」無法「假借」，「意義」無法「引申」。

「先秦」時期可以研究的「同形字組」甚夥，本論文既然是「舉要」，即無法做全，而是挑選代表性字組處理，以下說明筆者挑選字組的原則，從這些原則中，也可一窺本論文對「同形字」更加詳盡之義界。

（一）「同形字」既然是「字」，所以在挑選字例時會先以「獨立成字」者作爲每節討論的基礎，然後再說明這些「獨立成字之同形字」，在「合體字」中

---

〔註24〕劉釗，《古文字構形研究》，155 頁，長春：吉林大學博士論文。

以「部件」〔註25〕形式出現時的「同形現象」，即本論文所指之「部件」皆「成文」。

為何需討論「同形字」在「成文部件」中的規律，因為歸納它們的同形規則，不但可和「同形字組」相對照，還可重新詮釋「已識古文字的形義」，以及作為考釋「未識古文字形義」的依據。

（二）「同形字」中「字形相同」的定義頗難釐訂，因為先秦「古文字」〔註26〕並無「標準字」規範，故「文字異形」現象屢見不鮮，所謂的「同形」，極易與「形近」混淆，所以筆者在列舉「同形字組」時，只能要求「字形結構」一模一樣，即本論文之「同形字」包括「同構字」。「同形字組」間可能由於時空差異，或是書手撰寫工具、材質的不同，導致字形看似稍有差異，但尚未到達異構，或是形成區分的地步，本論文皆以「同形字」視之。

（三）「同形字組」有些字例會引發即「同字」的爭議，但只要這類「同形字組」，不違背本論文上述「字形相同，但音、義不同」最基本的「同形字」定義，筆者還是會將它們納入討論範圍，以「第三章 始見於兩周金文之同形字組」的「足、疋」同形為例，大多數學者都認為「足、疋」一字，但是在金文、楚簡的「同形辭例」中，釋「足」或釋「疋」對整個辭義的理解截然不同，譬如將「足」形字釋「足」，將無法解釋其為何有「疋（胥）」義。雖然楚簡「足、疋」二字開始分化，但也尚未完全分化，所以楚簡「足（𧾷）」、「疋（𤴓）」二字，無論以「獨立成字」或是「成文部件」的形式出現時，都必須將「足」、「疋」兩種可能性一併考慮。如不將楚簡《仰天》2.52「𦏧」字所從的「足（𧾷）」形部件釋作「疋」，則無法通假解釋成「疋（疏）」字，即楚簡同一「足（𧾷）」形兼有「足」、「疋」兩種音義，而「足（精紐屋部）」、「疋（疑紐魚部）」二字的古音又相差甚遠，所以還是以「同形字」的方式處理較為穩妥。

綜合（二）、（三）點，可見本論文對「同形字」的義界，主要參照龍宇純對「同形字」的看法，認為「凡同一之字形，若其具有兩個或多個互不相涉之讀音或意義，即其所表為不同之語言，則無論為始造如此，或由訛變而然，皆

---

〔註25〕裘錫圭說：「合體字的各個組成部分稱為部件。」（《文字學概要》，14 頁，臺北：萬卷樓，2001 年二月再版四刷。）

〔註26〕裘錫圭說：「古文字指早於小篆的文字。」（〈談談學習古文字的方法〉，《語文導報》，1985 年 10 期。）

爲異字。」〔註27〕所以筆者認知的「同形字」，包含裘錫圭所說「分頭爲不同的詞造的，字形偶然相同的字」，和由於「字體演變、簡化或訛變等原因，所造成的同形字」。〔註28〕裘錫圭所說「分頭爲不同的詞造的，字形偶然相同的字」，即龍宇純所謂「始造如此」的同形字；裘錫圭所說由於「字體演變、簡化或訛變等原因，所造成的同形字」，即龍宇純所說「訛變而然」的同形字。

（四）本論文歸納之「同形字組」，包含同時代、同材質的「同形字組」，也包含不同時代、不同材質的「同形字組」，只要「材料」在「先秦」的時間範圍內，皆可一併討論。

（五）字組選擇以「辭例」明顯區別者爲先，因爲「字形」相同的一組字，如無明顯可通讀之辭例驗證其「音、義」不同，實在很難視之爲「同形字組」。

（六）爲突顯筆者的「同形字」見解，故盡量挑選其他學者沒有討論過，或是其他學者討論過、但尚有討論空間的同形字組爲例，故「月、夕」、「女、母」等最具「同形字」代表性的字組，因多數討論「同形字」的文章皆以此爲例，在筆者並無其他不同於前輩學者看法的前提下，在本論文中皆暫不討論。

## 第四節　研究範圍

本論文《先秦同形字舉要》，顧名思義是以「先秦」的「同形字」爲研究範圍，但並非表示秦漢以後便無「同形字」，只是筆者擬限定討論材質的時間，以免範圍過大難以掌握。

本論文探討材質以「先秦」之「殷商甲骨文」、「商周金文」和「戰國楚簡文字」爲主。換句話說，甲骨文不包括周原甲骨文；金文以《殷周金文集成》所收銅器爲主，時代劃分爲商、西周、春秋和戰國；楚簡文字以《包山楚簡》、《郭店楚簡》和《上海博物館藏戰國楚竹書》（一）、（二）、（三）爲主。

原先規劃將探討材料分爲「殷商甲骨文」、「商周金文」、和「戰國文字」三大類，其中「戰國文字」的情況比較複雜，有些材質如《侯馬盟書》、《長沙帛書》、和石刻銘文（如石鼓文）等，只要字形、辭例完整，尚可作爲論證材料；

〔註27〕龍宇純，〈廣同形異字〉，《臺灣大學文史哲學報》36 卷，1988 年 12 月。

〔註28〕裘錫圭，《文字學概要》第 10 章（二）「同形字」，臺北：萬卷樓，2001 年 2 月再版 4 刷。

但有些如璽印、貨幣、陶器、瓦當、漆器等，因受其辭例所限，刪除不適宜當「同形字」例證的人名、地名後，所剩無幾，故盡量不予採用。所以最後決定將探討材料重新劃分爲「殷商甲骨文」、「商周金文」、和「戰國楚簡文字」三大類。

至於新材料，甲骨文如《殷墟花園莊東地甲骨》，〔註29〕金文如近出金文（未收入《殷周金文集成》者），楚簡如《新蔡葛陵楚墓》等，〔註30〕除非其具有關鍵性、足以左右推論的材料外，都因其正式出版時間晚於筆者蒐集、彙整材料的底限，而必須暫時割愛。

先秦同形字的材料龐雜，缺乏全面而完善的工具書，或是電子檢索系統，所有材料皆僅靠筆者土法煉鋼的搜羅整理，所以在碩士修業年限內，將此問題處理殆盡非常困難，僅能挑選字組以「舉要」的方式撰寫，當然這些「字組」得具有相當的代表性，才不會影響本論文最後的推論結果，其挑選原則可參考本章第三節〈「同形字」義界〉。

## 第五節　研究方法

依照上文對「同形字」的定義，筆者首先翻檢各式工具書，搜羅所有可能是「同形字組」的例證。字形工具書，如孫海波《甲骨文編》，〔註31〕容庚《金文編》，〔註32〕何琳儀《戰國古文字典》，〔註33〕滕壬生《楚系簡帛文字編》，〔註34〕張光裕主編《郭店楚簡研究‧文字編》等。〔註35〕《上海博物館藏戰國楚竹書》（一）、（二）、（三），因爲尚無文字編，所以是翻閱原書。依賴上述工具書檢索資料，當有其侷限，譬如可能會錯失某些珍貴資料，但古文字材料浩瀚，此已是筆者所想到蒐羅例證最有效率的方式了。

---

〔註29〕中國社會科學院考古研究所，《殷墟花園莊東地甲骨》，昆明：雲南人民出版社，2003 年 12 月。

〔註30〕河南省文物考古研究所，《新蔡葛陵楚墓》，鄭州：大象出版社，2003 年 10 月一刷。

〔註31〕孫海波，《甲骨文編》，北京：中華書局，1965 年。

〔註32〕容庚，《金文編》，北京：中華書局，1998 年 11 月 6 刷。

〔註33〕何琳儀，《戰國古文字典》，北京：中華書局，1998 年。

〔註34〕滕壬生，《楚系簡帛文字編》，武漢：湖北教育出版社，1995 年。

〔註35〕張光裕、袁國華合編，《郭店楚簡研究第一卷文字編》，臺北：藝文印書館，1999 年。

　　筆者將從各類文字編搜羅之「同形字組」，排除本章第二節〈研究回顧〉，與「同形字」相關論文中所舉之字例，除非那些字例還有繼續探討的空間才予以保留，先統整成表，可參見本論文〈附錄一〉。因爲論文撰寫時間有限，所以在 2002 年 10 月「研究計畫」提出時，便依照當時學力，挑選若干組有足夠字形與辭例佐證的「同形字例」進行討論，分別爲「丁、祊」、「口、日、廿」、「右、厷」、「甘、昌」、「呂、宮、雍」、「星、三」、「足、疋」、「凡、舟、同、井」、「丮、揚」、「執、埶」、「衣、卒」、「戈、弋、干、桀」、「斗、升、爵」、「司、后、訇、㕣」、「它、也、巳、已、号、只、云、巳」、「俎、宜、几、瑟」、「道、行、永」、「侃、也、強」、「能、一、彗、羽」、「弁、使」。只是後來因爲材料蒐集更加完整，爲了方便深入論述，而作了若干調整和重新分類，在當時經驗不足所選擇的「同形字組」，例證的代表性或許仍有商榷餘地，但卻已盡量涵蓋各種不同成因的「同形現象」，故其代表性應算充足。

　　從王國維迄今考釋古文字的專家們，累積了一些考釋古文字的方法，如高明所言全面性的方法「因襲比較法、辭例推勘法、部件分析法、據禮俗、制度釋字。」〔註36〕雖然裘錫圭曾說「它包含古漢語、上古史、考古學（古器物學）」等知識，〔註37〕但裘錫圭仍強調「考釋文字的根本主要是字形和辭例」，〔註38〕所以在做任何「古文字」研究時，首先都得搜集相關的「字形」和「辭例」。

　　筆者挑選「同形字例」，皆是從各類文字編下手，但是各類文字編多是摹本，所以筆者得一一覆核原始資料，檢視各文字編的摹本是否正確。甲骨文是覆核郭沫若主編《甲骨文合集》圖版，〔註39〕細分作五期處理。金文是依照社科院考古所編《殷周金文集成》圖版，〔註40〕或是「殷周金文暨青銅器資料庫」圖片檔，〔註41〕分爲商代、西周、春秋和戰國；至於楚簡文字，除了滕壬生《楚系簡帛文字編》之外，因爲援用的資料本身多已採用原始圖版，如張光裕主編

〔註36〕高明，《中國古文字學通論》，臺北：五南出版社，1933 年。

〔註37〕裘錫圭，〈談談學習古文字的方法〉，《語文導報》，1985 年 10 期。

〔註38〕裘錫圭，〈以郭店老子簡爲例談談古文字的考釋〉，《中國哲學》21，2000 年。

〔註39〕郭沫若主編，《甲骨文合集》，北京：中華書局，1978～1982 年。

〔註40〕中國社會科學院考古研究所，《殷周金文集成》，北京：中華書局，1984～1994 年。

〔註41〕http://db1.sinica.edu.tw/~textdb/rubbing/query.php4。

《郭店楚簡研究・第一卷・文字編》，故不必再回查。

　　確定字形摹寫無誤後，再將此「同形字形」之「可通讀辭例」羅列討論，特別強調「可通讀辭例」，因爲古文字多出自斷簡殘編，若無法通讀，是不適宜作爲辭例佐證。甲骨文辭例釋文，主要參照姚孝遂、肖丁主編之《殷墟甲骨刻辭類纂》、〔註42〕胡厚宣主編之《甲骨文合集釋文》，〔註43〕或是成功大學圖書館建置之「甲骨文全文檢索及全文影像系統」。〔註44〕金文辭例釋文，主要參照社科院考古所主編之《殷周金文集成釋文》、〔註45〕張亞初主編之《殷周金文集成引得》，〔註46〕或是「殷周金文暨青銅器資料庫」。〔註47〕楚簡辭例釋文，主要回查原書，或是參考「中研院史語所・文物圖像研究室・資料庫檢索系統」（以包山楚簡爲主），〔註48〕和「香港大學圖書館・郭店楚簡資料庫」〔註49〕等網路資料。

　　「同形字組」之「字形」與「辭例」彙整，必盡量將「殷商甲骨文」、「商周金文」，與「戰國楚簡文字」的所有材料一併納入討論，因此才能綜觀其歷史演變的全貌，方便論述其在某段時間內「同形」的原因何在。且必將前輩學者對各「同形字組」相關論文蒐集齊全後，方能運用「同形字」觀念，重新考釋這批待討論的材料。

　　曾經對「考釋古文字」提出「方法論」的文字學家不少，如唐蘭、徐中舒、楊樹達、何琳儀、李零、李家浩、黃德寬等，〔註50〕李家浩所說言簡意賅：「將

〔註42〕姚孝遂、肖丁，《殷墟甲骨刻辭類纂》，北京：中華書局，1989年。

〔註43〕胡厚宣主編，《甲骨文合集釋文》，北京：中國社會科學出版社，1999年8月。

〔註44〕http://www.ntnu.edu.tw/ch/word.htm。

〔註45〕中國社會科學院考古所，《殷周金文集成釋文》，香港：中文大學，2001年10月第1版。

〔註46〕張亞初，《殷周金文集成引得》，北京：中華書局，2001年7月第1版。

〔註47〕http://db1.sinica.edu.tw/~textdb/rubbing/query.php4。

〔註48〕http://ultra.ihp.sinica.edu.tw/~wenwu/ww.htm。

〔註49〕http://bamboo.lib.cuhk.edu.hk/cgi/nph-bwcgis/BASIS/bamboo/producer/bamsview/SF。

〔註50〕唐蘭，《古文字學導論・下編》，16～35頁，臺北：樂天出版社，1970年。徐中舒，〈怎樣考釋古文字〉，《出土文獻研究》，北京：文物出版社，1985年。楊樹達，《釋微居金文說・新識字之由來》，北京：科學出版社，1969年。何琳儀，《戰國文字通論（訂補）》，268～269頁，南京：江蘇教育出版社，2003。李零，〈文字破譯方

字形、文義和文獻結合起來進行研究，反對任意猜測的不良作風。」〔註51〕黃德寬所論最爲詳盡，他鋪陳考釋古文字的方法有四：

## 1. 字形比較法

利用漢字系統性和古今發展的相互關係，拿已經確認的字（或偏旁）與未識字（或偏旁）作形體上的細緻對比，來考釋未識字，這種比較可以分爲縱、橫兩個方面。橫的方面，即將同一時代層次的已識字與未識字相比較，求同別異；縱的方面，則是尋求某一字形在不同時期發展演變的線索，將同一字形不同時代的書寫形態排成系列，以溝通古今之間的聯繫。

## 2. 偏旁分析法

對合體字形體進行解剖，其最小的音義單位，就是偏旁。分析漢字結構是研究漢字形音義關係的重要手段。

## 3. 辭例歸納法

辭例歸納法的作用主要體現在如下兩個方面：(一)就辭例以辨釋字形。(二)就辭例以推求字義，字形間儘管有相對的區別，但很細微，只有通過辭例和語境，才能準確無誤的分辨出來。

## 4. 綜合論證法

考釋古文字可以利用的古代社會文化資料，有三個主要的方面：一是有關的文字記載：包括傳世的和出土的文字材料，這是最重要的部分。二是先秦的實物，主要是經考古調查、發掘而了解到的各種遺物、遺址。三是殘存於不同民族的古代風尚習俗。〔註52〕、

本論文討論「先秦同形字」的研究路徑，大都依照黃德寬上述四種方法。筆者在搜羅「同形字形」後，隨即採用「辭例歸納法」，從上下文語境、或是其他句法結構相類似的「同文例」，判斷此類含「同形字形」的辭例，應該如何正確釋讀。然後運用「字形比較法」，推測「同形字組」可能的同形原因，用「偏

---

法的歷史思考〉，《學人》4，1993 年。李家浩，《著名中年語言學家自選集・李家浩卷・作者簡介》，合肥：安徽教育出版社，2002 年 12 月。黃德寬，〈古文字考釋方法綜論〉，《文物研究》，1990 年 10 月。

〔註51〕李家浩，《著名中年語言學家自選集・李家浩卷・作者簡介》，合肥：安徽教育出版社，2002 年 12 月。

〔註52〕黃德寬，〈古文字考釋方法綜論〉，《文物研究》，1990 年 10 月。

旁分析法」〔註53〕重新詮釋「已識字的形義」、或是考釋「未釋字」。當「辭例歸納法」無法為「同形字組」進行區分時，再採用「綜合論證法」，尤其是先秦傳世文獻，經常被筆者援用作為關鍵性證據。

另外，筆者將「同形辭例」區分為「釋」和「讀」兩個層次，以《郭店楚簡・唐虞之道》簡8～9「古者虞舜篤事瞽瞍，乃**𢦏**其孝；忠事帝堯，乃**𢦏**其臣」的「**𢦏**」字為例，以「釋」而言，「**𢦏**」字可區分為「戈」和「弌」兩大類。但是就「讀」來說，分法就不只兩大類。釋「戈」者，可讀「歌」。〔註54〕但釋「弌」者，可讀①「戴」；〔註55〕②「試」，白於藍訓「用」，趙建偉訓「驗」；〔註56〕③「式」，白於藍訓「用」，周鳳五作「虛詞」，陳偉作「動詞」，「垂範」義；〔註57〕④「一」，丁四新訓「不變不改」，涂宗流、劉祖信訓「專一」等。〔註58〕筆者最後雖參照古文獻辭組慣例，採用「戈（歌）」說，但也並不否認其他釋讀的可能性。

從上例可見，除了研究方法外，在研究態度上，筆者十分贊成王國維和李零的說法，先看王國維的說法：

> 孔子曰：「多聞闕疑。」又曰：「君子於其所不知，蓋闕如也。」許叔重撰《說文解字》竊取此義，於文字之形聲義有所不知者，皆注云闕。〔註59〕

再看李零的說法：

> 古文字研究最忌「臆」、「必」，但也最離不開「臆」、「必」……古文

---

〔註53〕 「偏旁」即本文所說的「部件」，皆指組合成字的最小成文單位。

〔註54〕 李銳，〈郭店楚墓竹簡補釋〉，《華學》6，北京：紫禁城出版社，2003年6月。

〔註55〕 李零，〈郭店楚簡校讀記〉，《道家文化研究》，第17輯、497、499頁，三聯書店，1999年8月。

〔註56〕 白於藍，〈荊門郭店楚簡讀後記〉，《中國古文字研究》1，1999年6月。趙建偉，〈唐虞之道考釋四則〉，簡帛研究網，2003年9月25日。

〔註57〕 白於藍，〈荊門郭店楚簡讀後記〉，《中國古文字研究》1，1999年6月。周鳳五，〈郭店楚墓竹簡「唐虞之道」新釋〉，《史語所集刊》70：3，1999年9月。陳偉，《郭店竹書別釋》，武漢：湖北教育出版社，2003年1月。

〔註58〕 丁四新，《郭店楚墓竹簡思想研究》，369頁，北京：東方出版社，2000年。涂宗流、劉祖信《郭店楚簡先秦儒家佚書校釋》，48頁，臺北：萬卷樓，2001年2月。

〔註59〕 容庚，《金文編・王國維序》，北京：中華書局，1998年11月6刷。

字學和古文獻學，它們和考古學一樣，都是求眞求細的學問，而且還可以從層出不窮的最新發現加以檢驗。但我們必須懂得，這樣的學問，它們也是充滿未知，需要探索，因而「上不封頂，下不保底」，永遠不可能「畢其功於一役」，以自己作「終結者」的開放性學科。

〔註60〕

所以筆者在針對「同形字組」展開「同中求異」、「異中求同」的字形比對，以及「辭例歸納」與「文獻對照」後，若仍無法解釋未識字，爲求謹愼而開放，都會盡量採取闕疑、待考的方式，不強作解人；至於每個案語中的判斷，也並非絕對、不容更改的定見，若能找到更加適切的詮釋，筆者也願意從善如流。

## 第六節 研究目的

研究「先秦同形字」，誠如本章第一節〈研究動機〉所述，最終目的爲「正確釋讀出土材料」；所以我們必須善用彙整的資料，歸納「先秦」各時段「同形」現象的規則，依此對古文字展開更加全面而精確的考釋，尤其是「部件同形」準則的歸納，對考釋「古文字」的幫助頗大。

再者，若處理得夠仔細，還可讓「文字同形」的研究成果作爲「分域」、「斷代」的指標。「分域」方面如陳偉武所說：「戰國同形字帶有明顯的地域色彩：如未與朱同形見於楚，左與在同形見於齊，器與哭同形見於燕，白與金同形見於晉，先與无、寇與冠同形見於秦。」〔註61〕

「斷代」方面如林澐所說：「甲骨文朱字象禾形，有二義：一是作名詞禾的表義字，另一則用作年字。後來爲了在字形上區別，就在該讀爲年的朱上加注聲符人（眞部日母），出現了年的專用字秊。秊在武丁時代的賓祖甲骨文中已普遍使用，可以說其時禾年兩字已經分化。但歷組甲骨文的刻寫者，則保持了禾字可以轉注爲年字的遺風。」〔註62〕

---

〔註60〕 李零，《郭店楚簡校讀記（增訂本）》，241、244 頁，北京：北京大學出版社，2002年 3 月。

〔註61〕 陳偉武，〈戰國秦漢「同形字」論綱〉，《于省吾教授百年誕辰紀念文集》，長春：吉林大學出版社，1996 年 9 月。

〔註62〕 林澐，〈古文字轉注舉例〉，《第三屆國際中國古文字學研討會論文集》，香港：香港中文大學，1997 年。

　　當然此是最理想的狀態，分域、斷代愈仔細，「同形字」的代表性愈高。但本論文在「分域」方面，僅討論「戰國楚系簡牘文字」；斷代方面，甲骨文是依照《甲骨文合集》，採用董作賓《甲骨文斷代研究例》分作五期；金文是依照「殷周金文暨青銅器資料庫」，〔註63〕分作商代、西周早期、西周中期、西周晚期、春秋、戰國等，若有餘力應當處理地更細緻才是。

　　雖然本論文無法討論所有「先秦」時期的「同形字」，僅能嘗試挑選一些「同形字組」作為代表例證，不過在全面蒐集資料、分類整理的過程裡，還是可對各時期「同形字組」呈現的「同形現象」和「同形原因」，進行歸納和分析，以探討中國早期文字構成、演變的通則，如「兩周金文同形字」是否如陳煒湛所言「與甲骨文做比較時，是相對的減少」，〔註64〕而「戰國秦漢簡牘同形字」是否如陳偉武所言「形體訛省劇烈而致異字同形是這時期的特徵」等。〔註65〕

　　總之，藉此「同形字」的研究過程，可讓筆者學會謹慎使用「同形字」的觀念，嘗試解決一些考釋文字的困難，和釋讀出土材料時所遇到的膠著。進而將「同形字」放置於時空座標中，論述古文字構形的規則與演變的特色，凡此皆是本論文研究的價值所在。

---

〔註63〕 http://db1.sinica.edu.tw/~textdb/rubbing/query.php4。

〔註64〕 陳煒湛，〈甲骨文異字同形例〉，《古文字研究》第六輯，1981 年 11 月。

〔註65〕 陳偉武，〈戰國秦漢「同形字」論綱〉，《于省吾教授百年誕辰紀念文集》，長春：吉林大學出版社，1996 年 9 月。

# 第二章　始見於甲骨文的同形字組

## 第一節　「丁」、「祊」同形

　　丁、祊是兩個音義完全不同的字，丁，《說文》：「↑，夏時萬物皆丁實。象形。丁承丙，象人心。」祊，《說文》：「鬃，門內祭先祖所以徬徨，從示彭聲。《詩》曰：『祝祭于鬃。』祊，鬃或從方。」可見「祊」爲「鬃」字或體，但是甲骨文「丁」、「祊」二字會因爲字形同源而同形。

### 一、同形字字形舉隅

| 丁 | 祊 |
|---|---|
| ⬛合 39<br>⬤合 31918 | ⬛合 35837<br>◐合 36107<br>⬛合 32212 |

### 二、同形字辭例舉隅

### （一）「丁」字辭例

　　　　1. 丙寅卜宕貞：翌丁卯业于丁。【合 339①】〔註1〕

---

〔註 1〕案：合 339①表示這條辭例出自《甲骨文合集》339 號，屬董作賓，《甲骨文斷代研究例》第一期甲骨文。

2. 丁丑卜貞：王其延有⊿。【合 31918③】

3. 貞：燎告眾步于丁。【合 39①】

4. 丙寅卜方貞：翌丁卯业于丁。【合 339①】

5. 貞：奉于丁五牛。【合 1959①】

6. 丙寅卜貞：酒報于丁卅小宰，若。【合 1971①】

7. 癸酉卜即貞：上甲彳歲其告丁一牛。【合 22676②】

8. 于□酒彳歲于丁。一【合 32651④】

（二）「祊」字辭例

1. 甲辰卜貞：武乙祊其牢。茲用。【合 35837⑤】

2. 丙午卜貞：武丁祊其牢。茲用。【合 35837⑤】

3. 丁丑卜貞：祖丁祊其牢。茲用。【合 35858⑤】

4. 甲子卜貞：武乙宗祊其牢。茲用。【合 36076⑤】

5. 甲戌卜貞：武祖乙宗祊其牢。茲用 一。【合 36080⑤】

6. 甲申〔卜〕⊿〔貞〕：武乙升祊其牢。【合 36107⑤】

7. 甲子卜貞：武祖乙升祊其牢，茲用。【合 36103⑤】

## 三、同形字辭例說明

### （一）「丁」字辭例說明

甲骨文「丁」字用法主要有二，一為干支，一為廟號。辭例 1～2 為干支。辭例 3～8 為廟號，如黃天樹所說「商王至上甲微開始以十干為廟號」，而「卜辭中以丁為廟號的商之先王有報丁、大丁、中丁、祖丁、武丁、康丁、文丁七位」，〔註2〕所以實指何位先祖仍需更多的考證。

### （二）「祊」字辭例說明

甲骨文「祊」字的用法主要有二，一為祭名，一為方國人名。辭例 1～7 為祭名。辭例 8～9 為方國人名。

辭例 1～7，吳其昌、楊樹達、陳夢家、饒宗頤、屈萬里、金祥恆、島邦男、常玉芝、黃天樹等，皆釋「祊」，作「祭名」解。〔註3〕

---

〔註 2〕黃天樹，〈關於甲骨文商王名號省稱的考察〉，《語言》，2001 年 2 卷。

〔註 3〕吳其昌，〈殷墟書契解詁〉，臺北：藝文印書館，1960 年。楊樹達，〈積微居甲文說〉，

　　所謂「祊祭卜辭」可分爲三種類型，其一，「干支卜貞祖先名<u>祊其牢</u>」（參見上述「祊」字辭例 1～3），其二，「干支卜貞祖先名宗<u>祊其牢</u>」（參見上述「祊」字辭例 4～5），其三，「干支卜貞祖先名升<u>祊其牢</u>」（參見上述「祊」字辭例 6～7），各家對「祊祭卜辭」的解釋如下：

① 吳其昌認爲「宗祊」，于宗廟內舉行祊祭也。〔註4〕

② 楊樹達認爲囗爲四方，又爲宗祊，古人名動二義往往相因，宗廟謂之囗，因而祭於宗廟，亦謂之囗。〔註5〕

③ 陳夢家認爲卜辭宗、祊相對，由此可見升、宗也是相對的，升是禰廟，宗是宗廟。〔註6〕

④ 饒宗頤認爲囗即四方字，此讀爲祊。《周禮》凡國祈年於田祖及祭蜡，並擊土鼓；又祭祀饗食，以鐘鼓奏燕樂。故祊字或從彭作鼚，即擊鼓於門，此即囗鼓之義。〔註7〕

⑤ 屈萬里認爲祊，即《詩·楚茨》：「祝祭於祊」，《說文》所謂門內祭也。〔註8〕

⑥ 島邦男認爲囗祭是在一定時期，于王名之日，對於直系五先王（武丁、祖甲、康祖丁、武乙、文武丁），以及母妣（母癸、妣己、妣癸）進行的祭祀。〔註9〕

⑦ 常玉芝認爲升與祊字一樣，皆指宗廟之類的建築物，「祊其牢」卜辭，

中國社會科學院，1954 年。陳夢家，《殷墟卜辭綜述》，北京：科學出版社，1956年 7 月。饒宗頤，《殷代貞卜人物通考》，733 頁，1959 年 11 月。屈萬里，《殷墟文字甲編考釋》，110 頁，1961 年。金祥恆，〈釋⿰⿱⿱⿱〉，《中國文字》44，1972 年 6 月；甲詁 2179 號。島邦男，〈禘祀〉，《古文字研究》1，1979 年 8 月。常玉芝，〈說文武帝〉《古文字研究》4，1980 年 12 月；《商代周祭制度·附錄·卜辭祊祭時代再辨析》，北京：中國社會科學出版社，1987 年。黃天樹，〈關於甲骨文商王名號省稱的考察〉，《語言》，2001 年 2 卷。

〔註4〕 吳其昌，〈殷墟書契解詁〉，臺北：藝文印書館，1960 年版。

〔註5〕 楊樹達，〈積微居甲文說〉，卷上 27 頁，中國社會科學院，1954 年。

〔註6〕 陳夢家，《殷墟卜辭綜述》，421 頁，北京：科學出版社，1956 年 7 月。

〔註7〕 饒宗頤，《殷代貞卜人物通考》，733 頁，1959 年 11 月；甲詁 2179 號。

〔註8〕 屈萬里，《殷墟文字甲編考釋》，110 頁，1961 年；甲詁 2179 號。

〔註9〕 島邦男，〈禘祀〉，《古文字研究》1，1979 第 8 月。

是對世系較近的直系祖先的一種特祭卜辭。〔註10〕

案：甲骨文辭例「祭名+其牢」為一常見固定辭組，如《合》34428「癸卯〔卜〕歲其牢」，「歲+其牢」之「歲」字為祭名；《合》36115「甲辰卜貞：武祖乙升其牢」、《合》36115「甲寅卜貞：武祖乙升其牢。一」，「升+其牢」的「升」字作「祭名」解，可證「口+其牢」之「口」，也當作祭名解。

「祊」字本義，當如《詩·小雅·楚茨》：「祝祭于祊，祀事孔明」，陸德明《釋文》所說「門內祭先祖所」。後來引申有「祭名」義，如《玉篇》：「繫，祭，祊，同上。」《廣韻》：「祊，廟內傍祭。」《禮記·禮器》：「設祭于堂，為祊乎外。」鄭玄注：「祊祭，明日之繹祭也，謂之祊者，於廟門之旁，因名焉。」除此，「祊」還有「祭四方神」義，如《周禮·夏官·大司馬》：「羅幣，致禽，以祀祊。」鄭玄注：「祊當為方，聲之誤也。秋田主祭四方，報成萬物。」〔註11〕

故當甲骨文「口」作「祭名」時，就字形既可釋讀作「丁」、也可釋讀作「祊」，但是讀「祊」較好，因為「祊」於文獻有「祭名」義。

## 四、相關字詞形義析論

「丁」字本義說法主要有二，其一高田忠周首先提出象人的顛頂，〔註12〕葉玉森、高鴻縉、張秉權等贊成此說。〔註13〕其二劉心源認為象釘形平視，〔註14〕方濬益、林義光、唐蘭、吳其昌、李孝定等贊成此說。〔註15〕

而「口」有「方」義，主要出自楊樹達的見解，其說為：「余疑口字象東南

〔註10〕常玉芝，〈說文武帝〉《古文字研究》4，1980年12月。

〔註11〕錢玄，《三禮辭典》，508頁，南京：江蘇古籍出版社，1998年3月。

〔註12〕高田忠周，《古籀篇》88第39頁，1925年；金詁1847號。

〔註13〕葉玉森，《殷墟書契前編集釋》，1卷40葉上，1932年10月。高鴻縉，《中國字例》2篇88～89頁，1960年；金詁1847號。張秉權，〈甲骨文中所見的數〉《歷史語言研究所集刊》，46本3分；甲詁2179號。

〔註14〕劉心源，《奇觚室吉金文述》卷18，1902年；金詁1847號。

〔註15〕方濬益，《綴遺齋彝器款識考釋》，56頁。林義光，《文源》，1920年。唐蘭，《殷虛文字記》，石印本，1934年。吳其昌，〈金文名象疏證〉，《武大文哲季刊》6卷1期，1936年；金詁1847號。李孝定，《甲骨文字集釋》，4250頁，1965年；甲詁2179號。

西北四方之形，乃四方或方圓之方圓本字。」〔註16〕

　　案：因爲甲骨文「口（丁）」字辭例多爲干支或廟號，無法簡單從辭例判斷其造字本義，故先將「人的顛頂」和「釘形」二說並存。再從楊樹達的說法，可見「口」字除了「丁」義外，還有「方」義，所以甲骨文「口」字，可以釋讀作「方（祊）」。《甲詁》按語爲甲骨文「口」字有「丁」、「方（祊）」二義，解釋說：「丁與祊同形，唯以大小作爲區分，大者爲祊，小者爲丁。」〔註17〕因爲《甲詁》按語中所說的大、小實在難以區分，故筆者採用「同形字」的方式說明，當甲骨文「口」指干支或廟號時釋「丁」，當甲骨文「口」指祭名或方國人名時，參照相關文獻釋「方（祊）」。故甲骨文「丁」、「方（祊）」是因爲字形同源、尚未分化而同形；但是「丁」、「方」二字同形的時間很短，因爲「口（方）」字正如裘錫圭所說「很早就被假借字『方』字代替。」〔註18〕

### （一）「天」字形義析論

　　天，《說文》：「天，顛也。至高無上，從一大。」甲骨文《合》36541作「𣴎」，辭例爲「天邑商」，王國維說：「天本象人顛頂。」〔註19〕于省吾說：「《說文》既訓天爲顛，又訓顛爲頂，顛頂雙聲，眞耕通諧……天字上部即古丁字，也即人之顛頂之頂的初文，《乙》9067的『弗疒，朕天』是占卜人之顛頂之有無疾病。天本爲獨體象形字，由於天體高廣，無以爲象，故用人之顛頂以表示至上之義，但是天字上部以丁爲頂，也表示天字的音讀。」〔註20〕

　　案：將甲骨文「天」字上部所從之「口」或「○」，和甲骨文「丁」字（《合》39「▉」或《合》31918「●」）比對，再加上「天（透紐眞部）」、「丁（端紐耕部）」聲韻具近，故于省吾認爲「天」從「丁」聲是合理的推測。其次爲解釋《乙》9067「弗疒朕天」，的確可將「天」字釋讀作「顛」，「天（透紐眞部）」、「顛（端紐眞部）」聲近韻同，《說文》又用「顛」聲訓「天」字，

---

〔註16〕楊樹達，〈釋匦、匚、医、匠〉，《積微居甲文說》，1954年5月；甲詁2179丁。

〔註17〕甲詁2179號。

〔註18〕裘錫圭，《文字學概要》，134頁，臺北：萬卷樓，1999年。

〔註19〕王國維，《觀堂集林・釋天》6卷，10～11頁，1927年。

〔註20〕于省吾〈釋具有部分表音的獨體象形字〉，《甲骨文字釋林》，北京：中華書局，1979年6月。

且《乙》9067「弗疒朕天（顛）」可和《合》13613～13618、24956～24957、40368「疾首」辭例相對照，所以將《乙》9067「天」釋讀作「顛」是可行的。

　　既然「天」從「丁」聲，加上「天」有「顛」義，故類推「丁」字本義可能爲「人的顛頂」，即「天」字上部所從的「囗」或「〇」爲「丁」，不但是「意符」象徵「人的顛頂」，同時還是「聲符」。

## （二）「韋／衛」字形義析論

　　甲骨文、金文「韋」、「衛」二字的字形和辭例如下：

| 字例 | 字形 | 辭例 |
|---|---|---|
| 韋 | 合 4476 | 貞：勿令韋丰，八月。【合 346①】<br>☑卜韋貞☑三月邑。【鐵 77.4；合 4476①】 |
| 衛 | 合 5665 | 乙酉卜，亘貞：呼多犬衛。【合 5665①】 |
| | 集 08843〔註21〕 | 〔弓衛〕。祖己。【08843 弓蝨且己爵，殷商】 |
| | 集 08087 | 子衛。【08087 子蝨爵，殷商】 |
| | 集 04341 | 趙令曰：以乃族從父征，徏城，衛父身，三年靜東或，亡不成，訖天畏，否畀屯陟。【04341 班簋，西周中期】 |

　　韋，《說文》：「韋，相背也。從舛囗聲。獸皮之韋，可以束物枉戾，相韋背，故借以爲皮韋，凡韋之屬皆從韋。」衛，《說文》：「衛，宿衛也，從韋帀行，行，列也。」王襄釋其本義爲「從二止相背，囗，圍也。」〔註22〕李孝定直言「韋實即古圍字也。」〔註23〕

　　案：從王襄和李孝定的解釋可知，「韋／衛」二字所從的「囗」部件，當爲古「圍」字，但是甲骨文《合》5665「衛」字作「衛」，金文《集》04341「衛」字作「衛」，兩者皆將所從的「囗（圍）」部件替換成「方」部件；此可作爲楊樹達「囗（圍）、方同字」〔註24〕的例證。所以甲骨文、金文「囗」字，除了「丁／祊」之外，還有「囗（圍）」義。

---

〔註21〕案：集 08843 表示這條辭例出自《殷周金文集成》08843 號。

〔註22〕王襄，《簠室殷契類纂》5 卷，27 葉上，1920 年 12 月；甲詁 826 號。

〔註23〕李孝定，《甲骨文字集釋》，1929 頁，1965 年；甲詁 826 號。

〔註24〕楊樹達，《積微居小學金石論叢》，18 頁旁，1955 年；金詁 8 號。

## （三）「正」字形義析論

甲骨文、金文「正」字的字形和辭例如下：

| 字　例 | 字　形 | 辭　例 |
|---|---|---|
| 正 | [字形] 合 33022 | 貞：王正（征）召方，受又。【合 33022④】<br>弗悔。在正月，隹來正（征）☒。【合 36492⑤】<br>多伯正（征）盂方。【合 36510⑤】 |
| | [字形] 集 02709 | 唯王正（征）井方。【02709 邁方鼎（乙亥父丁鼎、尹光方鼎），殷商】 |
| | [字形] 集 04044 | 五月初吉甲申，懋父賞御正衛馬匹自王。【04044 御正衛簋，西周早期】 |

正，《說文》：「正，是也。從一、一㠯止。」聞一多認爲「從止丁聲」；〔註25〕吳其昌認爲「象止向口預懸鵠的之方域進行」；〔註26〕楊樹達認爲「口象國邑，謂人向國邑而行」；〔註27〕季旭昇認爲「正字甲骨文從口（圍），或從●（丁）。圍、丁皆爲城之象形，會象城邑前行的意思，丁亦聲」；〔註28〕劉釗認爲「甲骨文『正』本爲『征伐』之『征』的本字。字上部「口」爲城邑的形象，下部止表示動態……金文『正』字有經過『變形音化』發展爲從『丁』得聲的趨勢。」〔註29〕

案：依照上述各家說法，可將「正」字上部所從「口」或「●」之本義區分爲四：1 從「丁」聲，2「方域」、3「國邑或城邑」、4「圍」義。本節上文已陳述甲骨文、金文「口」形，有「丁」、「方」、「圍」三義，此需補充說明的是「口」有「邑」義，甲骨文、金文「邑」字的字形和辭例如下：

---

〔註25〕聞一多，〈璞堂雜識〉，《聞一多全集》2，第 598 頁；金詁 168 號；甲詁 821 號。

〔註26〕吳其昌，《殷墟書契解詁》，242～243 頁，1934 年；甲詁 821 號。

〔註27〕楊樹達，〈釋正韋〉，《積微居小學述林》，49～50 頁，1954 年；金詁 168 號。

〔註28〕季旭昇，《說文新證》上冊，109 頁，臺北：藝文印書館，2002 年 10 月。

〔註29〕劉釗，〈卜辭「雨不正」考釋──兼《詩・雨無正》篇題新證〉，《殷都學刊》，2001 年 4 期。

| 字 例 | 字 形 | 辭 例 |
|---|---|---|
| 甲骨文邑 | 合 4476<br>合 14210<br>合 36541 | ☑卜韋貞☑三月邑。【鐵 77.4；合 4476①】<br>☑貞：帝隹其多茲邑。四。【合 14210①】<br>丙辰卜，爭[貞]：我邑。三。【合 13496①】<br>乍大邑。【合 13513 反①】<br>甲子貞：大邑受禾。一。【合 32176④】<br>王邑高。【甲 231；合 19943①】<br>戊寅貞：來歲大邑受禾。【鄴三下 39.5；合 33241④】 |
| 金文邑 | 集 09249 | 癸巳王賜小臣邑貝十朋。【09249 小臣邑斝，殷商】 |
| | 集 04059 | 王柬伐商邑。【04059 澅嗣土逆簋（康侯簋），西周早期】 |
| | 集 10176 | 用矢撲散邑。【10176 散氏盤，西周晚期】 |

　　邑，《說文》：「邑，國也。从口，先王之制，尊卑有大小。」高田忠周認爲「邑」字所從「口」是「四方義」，〔註 30〕葉玉森認爲是「疆域」，〔註 31〕羅振玉認爲是「倉廩所在」，〔註 32〕季旭昇認爲是「城邑的象形」。〔註 33〕

　　將甲骨文、金文「正」、「邑」二字合而觀之，筆者認爲「正」、「邑」二字所從的「口」或「○」，可能爲一「方形範圍」，可指「城邑」或「國邑」；所以「正」字初始本義，應該是「止」向一「方形範圍」前進，「正」字從「丁」，乃後來「聲化」的結果，即讓「丁」部件成爲「正」字聲符。

## （四）楚簡「臤」字形義析論

　　楚簡一系列從「臤」部件的字形和辭例如下：

| 字 例 | 字 形 | 辭 例 |
|---|---|---|
| 賢 | 信陽 1.02 | 尙賢【信陽 1.02】（滕編 515） |
| 賢 | 上博二子 8 | 堯見舜之德賢，故讓之。【上博二子 8】 |
| 賢 | 郭 3.17～18 | 子曰：大人不親其所賢，而信其所賤，教此以失，民此以煩。【郭 3.17～18】 |
| 賢 | 郭 7.2 | 故昔賢仁聖者如此。【郭 7.2】 |

〔註 30〕高田忠周，《古籀篇》20，第 1 頁，1925 年；金詁 843 號。

〔註 31〕葉玉森，《殷契鉤沉》，2 葉背，1933 年 12 月；甲詁 305 號。

〔註 32〕羅振玉，《殷虛書契考釋》中 7 葉上，1927 年；甲詁 305 號。

〔註 33〕季旭昇，《說文新證》上冊，515 頁，臺北：藝文印書館，2002 年 10 月。

| 賢 | （圖）郭 6.48 | 上帝賢汝，毋貳尔心，此之謂也。【郭 6.48】 |
|---|---|---|
| 掔 | （圖）郭 6.48 | 是以民可敬導也，而不可弇也；可御也，而不可掔也。【郭 9.16】 |
| 臤 | （圖）郭 3.44 | 輕絕貧賤，而厚絕富貴，則好仁不臤（堅），而惡惡不著也。【郭 3.44】。 |

　　臤，《說文》：「臤，堅也。從又臣聲。凡臤之屬皆從臤。讀若鏗鏘。古文㠯為賢字。」上述楚簡「臤」字所從的「●」部件，趙彤認為即「丁」字，其說為：

　　　　（圖）中的墨點實際上是「丁」字，「掔」、「掔」在眞部，「丁」在耕部。《楚辭》中眞耕合韻的很多，可見當時楚方言中眞耕兩部音近。〔註34〕

趙彤所言楚方言眞、耕合韻的例證，蘇建洲補充了陸志韋和董同龢的說法，陸志韋說：「《楚辭》眞耕兩部字次數很多。」董同龢說：「眞部字與耕部字在《老子》中也有幾次的通押，同樣的情形在《楚辭》中更數見不鮮。」且蘇建洲也舉了《郭店・老子甲》簡 13「貞（端耕）」讀作「鎭（端眞）」的例證，可見楚方言眞、耕合韻的現象是存在的。

　　但是蘇建洲又說：「丁，古音端紐耕部；掔，溪紐眞部，聲紐則少見通假例證。」且就字形上「郭店屬於（圖）一系的寫法，除上述字形類似『丁』外，其他如（圖）（3.17）或是另外一種常見作『一橫筆』者如（圖）（6.23）皆與『丁』不類，所以僅就（圖）一種寫法是否就可說從『丁』是可以保留的。」〔註35〕

　　案：將楚簡一系列從「臤部件」的寫法和楚簡「丁」字比對，如《郭》5 簡 4「（圖）」，辭例為「武丁」；《包山》簡 4「（圖）」，辭例為「丁巳之日」，皆可發現以字形而言，它們並非如此相像，故楚簡「臤」字本義應如陳劍所說：

　　　　是用手持取、引取一物（與象用手持耳的「取」字造字意圖相似），
　　　　結合其讀音與「賢」相近考慮，我們認為它應該是「掔」與「掔」
　　　　共同的表意初文。〔註36〕

---

〔註34〕趙彤，〈對楚簡（圖）二字隸定的一點意見〉，簡帛研究網，2003 年 3 月 14 日。

〔註35〕季旭昇主編，《上海博物館藏戰國楚竹書二讀本》，108 頁，臺北：萬卷樓，2003 年 7 月。

〔註36〕陳劍，〈柞伯簋銘補釋〉，《傳統文化與現代化》，1999 年 1 期。

即楚簡「敜」字所從疑似「丁形部件」的「●」，指「用手持取、引取一物」的「一物」，和甲骨文、金文一般「丁」字寫法相較，僅是部件同形罷了。

## 第二節 「口」、「曰」、「廿」同形

口，曰、廿是三個音義完全不同的字，口，《說文》：「口，人所以言食也。象形。」曰，《說文》：「曰，詞也。从口，亦象口气出也。」廿，《說文》：「廿，二十并也。」但是甲骨文、金文「口、曰」、「口、廿」，卻會因「曰」、「廿」、二字形體的繁簡訛變，而與「口（口）」字同形。

且金文不只口、曰、廿會作「口」形，公字（《說文》：「公，平分也。从八从厶，八猶背也。韓非曰：背私爲公」）也會作「口」形，和口、曰、廿同形。

### 一、同形字字形舉隅

#### （一）甲骨文「口」、「曰」、「廿」同形

| 口 | 曰 | 廿 |
|---|---|---|
| 合 11460 | 合 36741<br>乙 8688 | 合 35368<br>合 37862<br>合 37863 |

#### （二）金文「口」、「曰」、「廿」、「公」同形

| 口 | 曰 | 廿 | 公 |
|---|---|---|---|
| 集 07145 口父辛觚<br>集 08801 宁未口爵 | 集 05413 四祀切其卣 | 集 04144 肄作父乙簋 | 集 05405 次卣<br>集 05316 伯作文公卣<br>集 02553 雁公鼎 |

### 二、同形字辭例舉隅

#### （一）甲骨文、金文「口」字辭例

1. 貞：疾口禦于妣甲。二三四【合 11460①】
2. 丁巳卜，重小臣口啟口匄于中室。茲用【甲 624，合 27884③】

3. 口。【05452 口尊，殷商】

4. 〔口〕。父辛。【07145 口父辛觚，西周早期】

5. 宁末口。【08801 宁末口爵，殷商】〔註37〕

## （二）甲骨文、金文「曰」字辭例

1. □□〔卜〕貞：王曰：迅于夫，征☑〔往〕來亡災。【後上 11.15，合 36741⑤】

2. 王曰：卽大乙，于白麓有。宰丰。【乙 8688；合 35501】〔註38〕

3. 其曰毋妄呂。【《殷契粹編》1160；合 26992】

4. 貞：王曰泌。【前 2.20.4；合 36557】

5. ……乙巳，王曰：尊文武帝乙宜……【05413 四祀切其卣，殷商】

6. 王曰：馬彭，賜貝，用作父丁尊彝。〔亞受〕。【02594 戊寅作父丁方鼎，殷商】

## （三）甲骨文、金文「廿」字辭例

1. 王廿祀。【合 35368】

2. 癸未卜，在上麤貞：王旬亡囚。王廿祀。【合 36855】

3. 癸未卜，在上麤貞：王旬亡囚。在九月。王廿祀。【合 36856】

4. ☑麤☑夕亡囚☑月，王廿祀。【合 37862】

5. 癸未王卜貞：旬亡囚。在九月。在上麤。王廿祀。【合 37863】〔註39〕

6. 〔癸〕亥王卜貞：彭彡日自上甲〔至于〕多毓，衣，亡蚩自囚。〔王〕占曰：吉。在三月。唯王廿祀。【合 37864+合 37851】

7. ☑王廿祀，彡日上甲。【合 37866】

8. 甲寅酒翌上甲。王廿祀。【合 37867】

9. 王廿祀。【合 35368】

10. 唯王廿□【合 37868】

11. 唯廿祀。【合 37869】

12. 唯王廿祀畚日【04144肄作父乙簋（戊辰彝），殷商】〔註40〕

---

〔註37〕案：金文辭例 3～5 雖無法從辭例直接判斷，但一般都依照其字形作「口」。

〔註38〕高去尋，〈殷墟出土的牛距骨刻辭〉，《中國考古學報》4，1955 年。

〔註39〕李學勤，〈論商王廿祀在上麤〉，《夏商周年代學札記》，1997 年 4 月 28 日完稿。

（四）金文「公」字辭例

1. 唯二月初吉丁卯，公姞令次嗣田人，次蔑曆，賜馬、賜裘，對揚公姞休，用作寶彝。【05405 次卣（叉卣），西周中期】

2. 伯作文公寶尊旅彝。【05316 伯作文公卣，西周早期】

3. 應公作寶尊彝，曰奄以乃弟，用夙夕鷺享。【02553雁公鼎，西周早期】

## 三、同形原因析論

口，甲骨文《合》11460 作「▣」。其本義李孝定說「象口形」。〔註41〕

曰，甲骨文《合》7153 作「▣」，金文《集》05998 古伯尊作「▣」，其本義羅振玉說「象口出氣形者」。〔註42〕

廿，甲骨文《合》32080 作「▣」，金文《集》09105 宰椃角作「Ｕ」，《集》02837 盂鼎作「Ｕ」，《集》09711 曾姬無卹壺作「廿」。其本義即《說文》所言「二十并也」。

公，甲骨文《合》27494 作「▣」，《合》36540 作「▣」，金文《集》05984 能匋尊作「▣」，《集》04330 沈子它簋作「▣」，《集》04315 秦公簋作「▣」。其本義，高鴻縉說：「八為八乃分之初文，口為物之通象，物平分則為公矣」。〔註43〕但朱芳圃、方述鑫、季旭昇皆認為是「甕」，因為「公（見紐東部）」、「甕（影紐東部）」聲近韻同，〔註44〕筆者在參閱馬承源主編《中國青銅器》之「甕」的器形後，〔註45〕認為將「公」字本義，作為「侈口深腹圓底」的「甕」器是合理的。

從上可知，口、曰、廿、公各有其獨立的形體和本義，但是在形體演變的過程中，曰、廿、公三字皆會出現與「ㄩ（口）」字同形的異體，如「曰」

---

〔註40〕李學勤，〈寑孳方鼎和肆簋〉，《中原文物》，1998 年 4 期。

〔註41〕李孝定，《甲骨文字集釋》，343 頁，1965 年；甲詁 717 號。

〔註42〕羅振玉，《殷虛書契考釋》中，58 頁上，1927 年；甲詁 719 號。

〔註43〕高鴻縉，《中國字例》3 篇 16 頁，1960 年；金詁 90 號。

〔註44〕朱芳圃，《殷周文字釋叢》，1962 年，金詁 90 號。方述鑫，〈甲骨文口形部件釋例〉，《古文字研究論文集—四川大學學報第 10 集》。季旭昇，《說文新證上冊》，75 頁，臺北：藝文印書館，2002 年 10 月。

〔註45〕馬承源主編，《中國青銅器》（修訂本），240～241 頁，上海古籍出版社，2003 年 1 月。

字，甲骨文《合》7153 作「￼」，金文《集》05998 古伯尊作「￼」，當它省略「口」上「象口出氣形」的「一（指示符號）」時，便會與「口（口）」同形。

「廿」字，甲骨文《合》32080 作「￼」，金文有三種異體，除了《集》09105宰椃角作「￼」之外，還有《集》02837 盂鼎作「￼」，《集》09711 曾姬無卹壺作「廿」，原以爲「廿」字「廿」形的寫法是戰國才出現，但是商代的〈寢孳方鼎〉，其「隹王廿祀」之「廿」字即作「廿」。〔註46〕

以甲骨文「口、廿」同形而言，參閱《類纂》1353～1355 頁，「廿」字皆作「￼」的前提下，當形體訛變成「凵」形時，皆屬於繁化現象。在記數的「￼（廿）」上加一橫畫，可與金文「十」、「卅」的異體字形相較，金文「十」字除作「｜」之外，還會在「｜」上加圓點作「￼」（集 04272 瞏簋）；「卅」字除作「￼」（集04439 伯寬父盨）、「￼」（集 04278 鬲比簋蓋）之外，還會在上面加橫畫作「￼」（集 04157竈乎簋）或「￼」（集 04438 伯寬父盨）；所以「廿」字除「￼」（集09105 宰椃角），在字形上加橫畫作「口」，也是合理的演變。〔註47〕

但就金文「口、廿」同形來說，情況相對複雜，同是商代金文「隹王廿祀」，「寢孳方鼎」作「廿」，〔註48〕《集》04144肆作父乙簋作「口」，《集》09105宰椃角作「￼」，因無法明確排列〈寢孳方鼎〉、〈肆作父乙簋〉和〈宰椃角〉出現時間的先後，所以僅能就「廿」、「凵」、「￼」的字形推測，「￼」、「廿」之所以會訛作「凵」形，可能是由「￼」繁化作「凵」，或者是由「廿」簡化作「凵」所致。

金文中較爲特殊的現象是「公」字，同樣皆是西周早期的〈雁公鼎〉，辭例皆爲「雁公作寶尊彝，曰奄以乃弟，用夙夕鸞享」，《集》02553 公字作「凵」，《集》02554 公字作「￼」，可見「凵」形的「公」字是從「￼」字形近訛誤所致。

## 四、甲骨文、金文「王￼祀」句析論

本節還有一個值得討論的問題，因爲「曰」字也可作「凵」形，且在殷墟

---

〔註46〕 張領，〈寢孳方鼎銘文考釋〉，《文物季刊》，1990 年 1 期。

〔註47〕 常玉芝，〈說隹王廿祀〉，《中國文物報》，2000 年 2 月 23 日。

〔註48〕 張領，〈寢孳方鼎名文考釋〉，《文物季刊》，1990 年 1 期。

卜辭裡，記數的「廿」字一般不作「凵」而作「∪」形，所以裘錫圭主張將甲骨文、金文的「王□祀」，重新斷句作「王曰：祀」，解釋為「王令臣下舉行祭祀」，或「王下令舉行祭祀」。〔註49〕

但在參考常玉芝對「廿」字作「凵」之字形演變的解釋後，筆者將與「王廿祀」同類型的卜辭作辭例對勘，認為還是依照舊說讀作「王廿祀」為佳。常玉芝對「廿」字作「凵」字形演變的解釋，主要從「十」字異體作「♦」（集04272塑簋），和「卅」字異體作「🔲」（集04157竈乎簋）或「🔲」（集04438伯寬父盨），推測「廿」字除「∪」（集09105宰椃角）形之外，還可加橫畫作「凵」。〔註50〕

其次是與「王廿祀」同類型卜辭所作的辭例對勘（一）：

1. 〔癸〕□王卜：貞：〔旬亡囚〕。王占曰：吉。在二月。甲□彡日祖甲。唯王凵（廿）祀。【合37868】

2. 癸巳王卜，貞：旬亡囚。王占曰：吉。在六月。甲午彡羌甲。唯王三祀。【合35756+37838】

3. 癸酉王卜，貞：旬亡囚。王占曰：引吉。在二月。甲戌祭小甲🔲大甲。唯王八祀。【甲297+庫1661+金璋382】

上述皆為「附記甲名先王五祀的卜旬卜辭」，常玉芝認為「祭日的天干」和「先王的日干名」相一致，所以這三條卜辭都是在天干名為「甲」的這天，祭祀「祖甲」、「羌甲」和「小甲」等廟號為「甲」的先祖。辭例2（《合》35756+37838）和辭例3（甲297+庫1661+金璋382）後面既然可加「唯王三祀」和「唯王八祀」，依照同文例的觀念，辭例1（《合》37868）後面「唯王凵祀」的「凵」字應該就是數詞「廿」而非動詞「曰」。

「王廿祀」同類型卜辭辭例對勘（二）：

1. 〔癸〕亥王卜貞：酒彡日自上甲〔至于〕多毓，衣，亡尤自囚。〔王〕占曰：吉。在三月。唯王凵（廿）祀。【合37864+合37851】

2. 癸未王卜貞：酒彡日自上甲至于多毓，衣，亡尤自囚。在四月。唯王二祀。【合37836】

〔註49〕 裘錫圭，〈關于殷墟卜辭中的所謂「廿祀」和「廿司」〉，《文物》，1999年12期。

〔註50〕 常玉芝，〈說唯王廿祀〉，《中國文物報》，2000年2月23日。

　　上述皆爲「祭上甲及多毓的合祭卜辭」，主要句型皆有「酒彡日自上甲至于多毓，衣，亡蚩自囚」，辭例 2（《合》37836）後面既然可加「隹王二祀」，同樣以同文例的觀念推測，辭例 1（合 37864＋合 37851）後面「隹王日祀」的「日」字，應該也是數詞「廿」、而非動詞「曰」。

　　且《合》37868「王占曰：吉。在二月。甲□魯日祖甲。隹王日祀。」其中「曰」、「日」二字一起出現，也可證明「日」字應非「曰」字。〔註51〕

　　而裘錫圭之所以將「王廿祀」，重新斷句作「王曰：祀」，除了「曰」字也可作「日」形外，主要是因爲「在殷墟卜辭裡記數的廿字，一般都不作口而作𝖁」，筆者在參閱《類纂》1353～1355 頁後，發現「廿」字作「日」形的辭例，的確僅出現在「王廿祀」的辭例中，所以筆者推測「廿」字作「日」形，也許是「黃組卜辭」特有的書寫方式。

　　目前所有的「王日祀」卜辭（可參見本節上文「甲骨文廿字辭例」所引），若依照董作賓《甲骨文斷代研究例》，都是出現在第五期，若依照裘錫圭、黃天樹等人的斷代法，都是「黃組卜辭」。所謂「黃組卜辭」，主要出於小屯村北，龜骨並用，其書體風格是「字體細小，書法整飭，行款劃一，文例嚴謹」。〔註52〕這類卜辭有些字的寫法非常特殊，和其他類別的寫法迥然不同，以下就舉和「王日祀」同出一版的字例爲證，如：

1. 「占」字皆作「▨（合 37868⑤）」。
2. 「囚」字皆加犬旁作「▨37867⑤」或「▨36855⑤」。
3. 「吉」字作「▨37864⑤」或「▨37868⑤」；和一般「▨12937①」、「▨22782②」、「▨27515③」的寫法不同。
4. 「未」字作「▨36855⑤」；和一般「▨20015①」、「▨22573②」、「▨30090③」、「▨32256④」的寫法不同。
5. 最有特色的是「王」字的寫法，所有「王日祀」的「王」字除了《合》37866 作「▨」之外，其他《合》37855～37856，37862～37864，37867～37868 皆作「王」；和一般「▨20305①」、「▨22823②」、「▨25077②」、

〔註51〕常玉芝，〈說隹王廿祀〉，《中國文物報》，2000 年 3 月 1 日。

〔註52〕黃天樹，《殷墟王卜辭的分類與斷代》，275～276 頁，臺北：文津出版社，1991 年 11 月。

「」的寫法明顯不同。

所以殷墟卜辭只有「王廿祀」的「廿」字作「廿」也不足爲奇，反而此「廿（廿）」字，還可作爲「黃類卜辭」的斷代標準字。

且《合》34097④（見右圖），有一完整辭例作「己巳，貞大示卅」，其「卅」字作「卅」，與其對貞的另外一條卜辭雖然辭例殘缺，但是有一「廿」字，明顯作「廿」形，將「廿」和「卅」（卅）相對照，可以推測「廿」字應是「廿」義，若此例成立，或可作爲裘錫圭「在殷墟卜辭裡記數的廿字，一般都不作廿而作廿」的一個反證。

# 第三節 「呂」、「宮／雍」同形

呂，宮，雍是三個音義完全不同的字，呂，《說文》：「呂，脊骨也，象形。」宮，《說文》：「宮，室也。從宀，躬省聲。」雍（雝），《說文》：「雝，雝渠也，從隹、邕聲。」但是甲骨文「呂」、「宮／雍」卻會因形近訛誤而同形。本節之所以將「宮／雍」合併處理，主要是當甲骨文辭例作地名解時，既可釋「宮」、也可釋「雍」；且「宮」、「雍」二字可能有聲韻關係。

## 一、同形字字形舉隅

| 呂 | 雍 | 宮／雍 |
|---|---|---|
| 呂【合 29687③】 | 雍【合 721 正①】 | 宮【合 811 正①】 |

## 二、同形字辭例舉隅

（一）「呂」字辭例

1. 丁亥卜，大【貞】☑其黃呂☑作盤利車☑【《小屯殷墟文字甲編》第 164 版；合 29687③】

2. 王其鑄黃呂。作凡（盤）利車☑【《金璋所藏甲骨》第 511 版；合 41866⑤】

（二）「宮／雍」字辭例

1. 癸酉卜，方貞：翌乙亥酒雍，伐于〔宦〕。四【合 721 正①】

2. 貞：宮／雍不其受年。【合 811 正①】

### 三、同形字辭例說明

#### （一）「呂」字辭例說明

　　燕耘認為甲骨文「黃呂」即金文「黃鏞」，因為古代從「盧」聲的字和從「呂」聲的字讀音相通，「黃呂」為「銅料」。〔註53〕

#### （二）「宮／雍」字辭例說明

　　于省吾將辭例1《合》721（丙47）「🔲」字讀「雍」，通作「饔」。解釋說：「周代金文邾王鼎『以雍（🔲）賓客』，就是以『雍』為『饔』。《儀禮・少牢饋食禮》的『雍人』和《儀禮・有司徹》的『雍正』也均以『雍』為『饔』。『饔（🔲）』字始見於周器鄭饔邊父鼎，乃後起字，《說文》謂『饔，熟食也。』『酒』、『饔』、『伐』是用三種品物以致祭。甲骨文祭祀『🔲』當言『饔』，乃『進熟食以祭。』」〔註54〕

　　案：辭例1《合》721「🔲」字，和「酒」、「伐」等「祭名」並列，則「🔲」字也當為「祭名」。且《屯》4404有辭例作「甲午貞：其禦🔲于父丁百小牢。」「🔲」字王襄、羅振玉釋「宮」，于省吾釋「雍」，〔註55〕但當祭祀用的「🔲」字，《類纂》800～801頁和胡厚宣《釋文》，皆從于省吾釋讀作「雍（饔）」。「饔」為「熟食」，參《詩・小雅・祈父》：「胡轉予于恤，有母之尸饔。」毛傳：「熟食曰饔。」此以食物當祭名之例還可參照「酒」，如《合》10611「酒大甲」、《合》942「酒王亥」的「酒」皆為「祭名」。「饔」字還可作「烹煮」義，如《周禮・天官・冢宰》：「內饔，中士四人」，鄭玄注：「饔，割、烹、煎、和之稱。」此以烹煮食物作祭名之例還可參照帝乙、帝辛周祭卜辭「🔲」字（以下用△代替），如《合》37840「△上甲」、《合》41704「△大甲」、《合》37846「△祖甲」，于省吾引《說文》作「𩜈」，並謂：「𩜈，設飪也。從丮從食，讀若載。」《玉篇》：「𩜈，設食也。」「△」字，為祭祀需要設食物以享鬼神，故甲骨文以「△」為「祭名」。〔註56〕總之，從「酒」（食物）、「🔲」（烹煮食物）二字皆有「祭名」義可知，具備「食物」和「烹煮食物」義的「饔」字，也有成為「祭名」的可能。

---

〔註53〕燕耘，〈商代甲骨文中的冶鑄史料〉，《考古》，299頁，1973年5期；金詁1016號。

〔註54〕于省吾，〈釋🔲〉，《甲骨文字釋林》，北京：中華書局，1979年6月。

〔註55〕甲詁2180號。

〔註56〕于省吾，〈釋🔲〉，《甲骨文字釋林》，北京：中華書局，1979年6月。

辭例2《合》811「貞：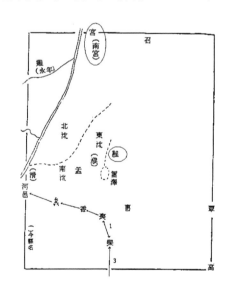不其受年」，可和《合》9781「戊午卜，受年」、《合》9799「辛酉卜，〔受年〕」相較，所以甲骨文「呂」字作「地名」用，與「受年」義相關時，依照同文例，《合》811「」義，應等同於《合》9781和《合》9799的「」字。「」字王襄、羅振玉釋「宮」，于省吾釋「雝」，〔註57〕所以作「地名」用、與「受年」義相關的「呂」字，有釋「宮」和「雝」兩種可能性。

「宮／雝」字形由「」至「」的演變，可參照于省吾所舉的「宮」、「雝」偏旁演變，如商器谷于宮尊「宮」字皆作「」，西周金文「宮」字則均從「」。又如甲骨文「雝」均從「」作「」，西周金文則變爲從「」作「」。〔註58〕所以將「」字釋作「宮／雝」，除了同文例之外，從字形角度，也信而有徵。

根據李孝定所說：「、呂爲純象形字，其音讀當於、、、諸字求之」，〔註59〕故參閱《類纂》752～753頁，《合》36643「宮」字作「」，多出現在董作賓《甲骨文斷代研究例》三至五期；尤其作地名用時，除了《合》10985外，從無出現在第一期的用例。《類纂》655～656頁作「地名」的「雝」字，《合》36643作「」、《合》37620作「」，全出現在董作賓《甲骨文斷代研究例》第五期。所以《合》811第一期的「」字，可能就是第三～五期「（宮）」字，或第五期「（雝）」字的前身。若此假設成立，「宮」字地望可能爲「今河北南宮縣」，「雝」則在「山東濮縣附近」。此爲鍾柏生從《合》41818、36643、37600、37653、36594、37652、37470、41824等辭例，發現「宮」、「雝」

會同時和「高」、「召」、「喪」、「書」、「𡥂」、「覃」、「雞」等諸地同出一版，推測上述這些地方應彼此相近，對照文獻模擬畫出當時的地理位置圖，「灘」、「沮」

---

〔註57〕甲詁2180號。

〔註58〕于省吾，〈釋、呂兼論古韻部東冬的分合〉，《甲骨文字釋林》，北京：中華書局，1979年6月。

〔註59〕李孝定，《甲骨文字集釋》，2499頁，1965年；甲詁2038號。

二水據括地志，在山東濮縣附近。濮縣之「雞水」正處「宮」地（今河北南宮縣）與「喪」地之間。〔註60〕

## 四、本義及同形原因析論

呂，于省吾認爲《說文》據小篆吕爲說，訓呂爲脊骨，先秦古文的呂字中間從無相連直畫，漢印呂字無直畫者也習見，如係脊骨，不應作斷梁形。〔註61〕

既然呂字本義可能不是「脊骨」，于省吾認爲「呂」字初文象「兩環相偶」，當係「伴侶」之「侶」的初文。〔註62〕但是筆者以甲骨文辭例「黃呂」驗之，總覺不妥，倒不如從唐蘭、吳其昌、燕耘等「金屬、銅料」之說來的穩當。以「金屬、銅料」解釋「呂」字本義的說法如下：

1. 唐蘭認爲「呂」字作「🔳」或「🔳」，「●」爲金餅，本義爲金名，孳乳爲「鋁」。〔註63〕

2. 吳其昌說：「丁即釘，爲金屬，<u>故凡碎金靁塊之作丁形，而集至兩枚以上者謂之「呂」</u>，金文金字皆象斧旁有金粒之形，蓋金屬礦石原塊，必須以斧椎而碎之，始能融冶。」〔註64〕

3. 燕耘說：「春秋金文有個曾伯棗簠（集 04631）銘文中說『余擇其吉金黃鑛，余用自作旅匦』，金文中的『黃鑛』就是甲骨文中提到的『黃呂』，因爲古代從盧聲的字和從呂聲之字讀音相通……上舉兩條卜辭中，一條說『鑄黃呂』，另一條則是用黃呂作盤是完全一致的，由曾伯棗簠是銅器，可知<u>黃呂是銅料</u>……金文中的『呂』也填實作『🔳』。」〔註65〕

爲了驗證上述說法的可信度，先將「呂」字各種異體的寫法，包括「🔳」、「🔳」、和「鑛」，以及「金」字（從「呂」部件）的相關辭例羅列於下：

---

〔註60〕鍾柏生，《殷商卜辭地理論叢》，66～72 頁，臺北：藝文印書館，1989 年。

〔註61〕于省吾，〈釋🔳、呂兼論古韻部東冬的分合〉，《甲骨文字釋林》，北京：中華書局，1979 年 6 月。

〔註62〕于省吾，〈釋🔳、呂兼論古韻部東冬的分合〉，《甲骨文字釋林》，北京：中華書局，1979 年 6 月。

〔註63〕唐蘭，《殷虛文字記》，80～82 頁，石印本，1934 年；甲詁 2179 號。

〔註64〕吳其昌，〈金文名象疏證〉，《武大文哲季刊》6 卷 1 期，1936 年，254～258 頁；金詁 1016 號。

〔註65〕燕耘，〈商代卜辭中的冶鑄史料〉，《考古》1973 年 5 期 299 頁；金詁 1016 號。

1. 王其鑄黃⬚呂。作凡（盤）利重☒【合 41866】

2. 休王賜效父⬚呂三，用作厥寶尊彝。【03822 效父簋，西周早期】

3. 王易⬚高⬚呂，用作彝。【05319⬚高卣，西周早期】

4. 余擇其吉金黃鏽，余用自作旅固【04631 曾伯霥簠，春秋早期】

5. 辛未，王在闌師，賜又事利⬚金，用作旃公寶尊彝。【04131 利簋，西周早期】

6. 麥賜赤⬚金，用作鼎，用從邢侯征事，用饗多諸友。【02706 麥方鼎，西周早期】

無論是辭例1「⬚」作「凡（盤）」；辭例2～3「⬚」作「彝」；辭例4「鏽」作「固」；辭例5「⬚」作「彝」；辭例6「⬚」作「鼎」，因爲「凡（盤）」、「彝」、「固」、「鼎」皆爲「銅器」，故「呂」字本義可爲製作銅器的「銅料」。

宮，王襄、羅振玉認爲宮字從「呂」、從「⬚」，象有數室之狀，「⬚」象此室達於彼室之狀。〔註66〕

雍（雝），劉心源解釋「雍（雝）」字所從「呂」形部件象「池形」，〔註67〕羅振玉說「辟雍有環流，口爲圜土形，外爲環流，中斯爲圜土矣。」〔註68〕

綜上所述，「呂」字本義爲「銅料」，「宮」字本義象「列屋參差銜接形」，「雍」字本義象「辟雍水池形」，是三個音義不同的字。本節之所以將「宮／雍」合併處理，主要是當甲骨文辭例作地名解時，既可釋作「宮」，也可釋作「雍」；且葉玉森、馬敘倫皆認爲「宮、雝並由呂得聲」，〔註69〕李孝定也說：「⬚、呂爲純象形字，其音讀當於囧、⬚、⬚、⬚諸字求之」，〔註70〕且「宮（見紐冬部）」、「雍（影紐東部）」二字聲韻俱近，于省吾還舉西周金文頌鼎、善夫山鼎、此鼎、追簋等，均以「霝冬（終）」與「子子孫孫永寶用」爲韻，證明上古「東」、「冬」二韻不分。〔註71〕所以筆者才考慮將「宮／雍」二字合併處理。

〔註66〕羅振玉，《殷虛書契考釋》，1927 年；甲詁 2180 號。

〔註67〕劉心源，《奇觚室吉金文述》卷 2，40 頁盂鼎，1902 年；金詁 485 號。

〔註68〕羅振玉，《殷墟書契考釋》中，11 頁下，1927 年；金詁 485 號；甲詁 1757 號。

〔註69〕葉玉森，《殷墟書契前編集釋》，2 卷 45 頁上，1932 年 10 月；甲詁 1757 號。馬敘倫，《讀金契刻詞》，169 頁，1962 年；金詁 681 號。

〔註70〕李孝定，《甲骨文字集釋》，2499 頁，1965 年；甲詁 2038 號。

〔註71〕于省吾，〈釋⬚、呂兼論古韻部東冬的分合〉，《甲骨文字釋林》，北京：中華書局，

若將甲骨文「呂」、「宮／雍」作字形比較，可發現其區別在於「呂」作「雙圈形」、「宮／雍」作「分開雙方形」或「相連雙方形」，區別很小、極易同形，只是甲骨文相關辭例都太殘缺，無法逐一條列說明，再加上下文會說明古文字「呂、宮」和「呂、雍」部件同形是多麼普遍，無論是甲骨文、金文，或楚簡都有例證，所以古文字「呂」、「宮」、「雍」，是非常值得討論的一組同形字。

## 五、相關字詞形義析論

甲骨文作「」形（《合》36540～36541）的「宮」字，辭例皆爲「公宮」，可能指「時王居住」，或是「宗廟祭祀」的場所，〔註 72〕此「（宮）」字所從「吕」部件會和「（呂）」（合 29687）部件同形。

而金文則有呂、宮、雍部件同形的現象如下表：

| 字　例 | 字　形 | 辭　例 |
|---|---|---|
| 呂 |  | 1. 王令呂伯曰：以乃師右从毛父。【04341 班簋，西周中期】 |
| |  | 2. 姑洗之商角，贏孠之宮，贏孠之在楚號爲新鐘，其在齊爲呂音。【00290 曾侯乙鐘，戰國早期】 |
| 郘 |  | 3. 郘黛曰：余畢公之孫，郘白之子……【00225 郘黛鐘，春秋晚期】 |
| 筥 |  | 4. 筥小子徒家弗受，徒用作厥文考尊簋，其萬年子子孫孫永寶用。【04036 筥小子簋，西周晚期】 |
| 宮 |  | 5. 王格于庚贏宮。【05426 庚贏卣，西周早期】 |
| |  | 6. 宮……姑洗之濬宮……濁文王之宮【00286 曾侯乙鐘，戰國早期】 |
| 雝 |  | 7. 雝作母乙尊鼎。【02521 雍作母乙鼎，西周晚期或春秋早期】 |
| |  | 8. 倉倉悤悤雝雝【00260㝬鐘（宗周鐘），西周晚期】 |
| |  | 9. 靈音雝雝【00267 秦公鎛，春秋早期】 |

辭例 1「呂」、辭例 3「郘」和辭例 4「筥」，都是國名或姓氏，以此爲證或許並不恰當，但是「呂國」或是「呂姓」古書常見，釋「呂」應無爭議。辭例 2《銘文選》解釋「呂音」爲齊國律名，相當於傳統的無射律。

辭例 5《銘文選》解釋爲「庚贏的家室」。辭例 6《銘文選》引《淮南子・天文訓》：「宮者音之君也」，「宮」爲「五音之首」。

---

1979 年 6 月。

〔註 72〕李孝定，《甲骨文字集釋》，2499 頁，1965 年；甲詁 2038 號。

辭例 7 為「人名」，辭例 8～9 形容「鐘聲鏗鏘和諧」，其所從「呂」形部件，劉心源解釋「象池形」，〔註 73〕羅振玉解釋「雝（𩁹）」字說「辟雝有環流，口為圓土形，外為環流，中斯為圓土矣，古辟雝有囿鳥之所止，故从佳。」〔註 74〕更完整的說明「雝」字所從「呂」形部件，其本義應該為「水池」。

楚簡也有呂、宮、雝部件同形的現象如下表：

| 字例 | 字形 | 辭　例 |
|---|---|---|
| 呂 | 𠙻 | 1.《呂刑》云：「非用荎，制以刑，惟作五虐之刑曰法。」【郭 3.26～27；上博一紂14 同】 |
| 邵 | 𨚖 | 2.《邵（呂）刑》云：「一人有慶，萬民賴之。」【郭 3.13～14】 |
| 邵 | 𨚖 | 3. 邵（呂）望為牂垕涂，戰監門垕地，行年七十而屠牛於朝歌，舉而為天子師，遇周文也。【郭 5.4～5】 |
| 宮 | 宮 | 4. 宮廄令【曾 4】（滕編 620） |
| | | 5. 宮室【望一 卜】（滕編 618） |
| 雝 | 雝 | 6. 清廟王德也，至矣。敬宗廟之禮，以為其本，秉文之德，以為其業，肅雝……【上博一孔 5】 |
| | 𩂖 | 7. 夫使雝也從於宰夫之後……【上博三中 3～4】 |

辭例 1～2 是《尚書‧呂刑》。

辭例 4「宮廄」是「職官名」。可與《雲夢秦簡‧廄苑律》：「其大廄、中廄、宮廄馬牛殹（也）」相對照。〔註 75〕辭例 5「宮室」可參《呂覽‧重己》：「其為宮室臺榭也。」注：「宮，廟也。室，寢也。」〔註 76〕

辭例 6「肅雝」為《詩‧清廟》「肅雝顯相」引句的殘文。〔註 77〕辭例 7「雝也」是「仲弓名」。〔註 78〕

綜上所述，「呂」形部件除「呂」義外，還有「宮」、「雝」等義，故可運用古文字「呂」、「宮」、「雝」部件同形的觀念考釋下列諸字：

---

〔註 73〕劉心源，《奇觚室吉金文述》卷 2，40 頁盂鼎，1902 年；金詁 485 號。

〔註 74〕羅振玉，《殷墟書契考釋》中，11 頁下，1927 年；金詁 485 號；甲詁 1757 號。

〔註 75〕裘錫圭、李家浩，《曾侯乙墓‧曾侯乙墓竹簡釋文與考釋》注 208，北京：文物出版社，1989 年。

〔註 76〕何琳儀，《戰國古文字典》，268 頁，北京：中華書局，1998 年。

〔註 77〕馬承源主編，《上海博物館藏戰國楚竹書一》，132 頁，上海古籍出版社，2001 年 11 月。

〔註 78〕馬承源主編，《上海博物館藏戰國楚竹書三》，266 頁，上海古籍出版社，2003 年 12 月。

## （一）金文、楚簡「呂」部件析論—以「慮」字為例

先將金文、楚簡「慮」字的字形、辭例和相關討論羅列於下：

1. 金文《集》02840 中山王鼎（戰國晚期）「慮」字作「」，辭例分別爲「亡懍惕之慮」和「是以寡人許之謀慮皆從」。

2. 楚簡《上博三·互先》簡 13「慮」字作「」，辭例爲「舉天下之名無有廢者，與天下之明王、明君、明士，庸有求而不慮。」〔註79〕但是劉信芳認爲「（慮）」字，「心上之二口有豎畫穿出（下口中的豎畫尤明顯）」，所以可能是「患」字。但劉信芳又引《墨子·經上》：「慮，求也。」《經說上》：「慮也者，以其知有求也，而不必得之。」解釋說「蓋求有得之者，亦有失之者，明王、明君、明士其所以爲『明』，必知得失之理也。既知得失之理，故求而不患得患失也。」〔註80〕

案：筆者本來認爲楚簡「」字「心上之二口有豎畫穿出（下口中的豎畫尤明顯）」可能是筆畫，也可能是楚簡保存或處理不當所致，再加上金文《集》02840 中山王鼎之「慮（）」字，故暫時將楚簡「」字釋作「慮」字。但是季旭昇建議還是將「」字釋「患」，一方面是因爲楚簡「慮」字作「」，且將《上博三·互先》簡 12～13 合而觀之，重新斷句李零的釋文爲「庸或得知，庸或失之，舉天下之名無有廢者與，天下之明王、明君、明士庸有求而不患。」以文義而言，「患」義較佳。

《玉篇》說「鋁」與「鑢」同，應該是「呂（來紐魚部）」、「慮（來紐魚部）」音同所致，高田忠周直說「古呂、慮聲通」。〔註81〕慮字《說文》分析爲「从思虍聲」，而「古代虍聲的字和从呂聲的字讀音相通」，〔註82〕所以金文《集》02840「慮（）」字，其上部所從「呂」形部件必爲「呂」。

## （二）金文、楚簡「宮」部件析論

先分別將金文、楚簡可能從「宮」部件的字形、辭例和相關討論羅列於下：

---

〔註79〕馬承源主編，《上海博物館藏戰國楚竹書三》，298 頁，上海古籍出版社，2003 年12 月。

〔註80〕劉信芳，〈上博藏竹書《恒先》試解〉，簡帛研究網站，2004 年 5 月 16 日。

〔註81〕高田忠周，《古籀篇》十二，第一至二頁，1925 年；金詁 1016 號。

〔註82〕燕耘，〈商代卜辭中的冶鑄史料〉，《考古》，1973 年 5 期；金詁 1016 號。

1. 同仲▨宄西宮。【09722 幾父壺，西周中期】
2. 剌肇作寶尊，其用盟鬻▨宄嬀日辛。【02485 剌鼎，西周早期】
3. 蘇▨公子癸父甲作尊簋。【04014 穌公子簋，春秋早期】
4. ▨躳身【包山 210】
5. ▨躳身尚毋有咎【包山 226】（滕編 620）

唐蘭首先將辭例1～2釋作「宮」字，〔註83〕楊樹達認為此是於初文象形外加聲旁「九」字，蓋「宮（見紐東部）」為宮室之宮，因假作他義，故另增聲符「九（見紐幽部）」以資識別也。〔註84〕張富海解釋的更加清楚，辭例 1 是與「宮」相近、一種建築的名稱；辭例2是「諡號」。〔註85〕

辭例3「公」字作「▨」，其「呂」部件季旭昇認為是聲化從「呂（宮之初文）」，〔註86〕或是聲化從「呂（雝）」之訛體。〔註87〕

辭例 4～5 躳，《說文》：「躳，身也。从呂从身。躬，俗从弓聲。」羅振玉首先說「躳從宮省」；〔註88〕葉玉森、李孝定、李家浩也都贊成「躳」字從「宮」聲，〔註89〕所以「躳」字所從「呂」旁，其實是「宮」字初文，而「躳身」的意義可能是「自身也」，〔註90〕且楚簡「躳」字異體甚多，林清源認為辭例4「▨形簡 210，其結構正是從身、宮聲」；而辭例 5 簡省作「▨形簡 226，與《說文》小篆形體相合。」〔註91〕

---

〔註83〕唐蘭，〈論周昭王時代的青銅器銘刻〉，《古文字研究》2，1981 年 1 期。

〔註84〕楊樹達，《積微居小學金石釋叢》，97～98 頁；金詁 1015 號。

〔註85〕張富海，〈上博簡《子羔》篇「後稷之母」節考釋〉，簡帛研究網，2003 年 10 月 17 日。

〔註86〕季旭昇，《說文新證上冊》，75 頁，臺北：藝文印書館，2002 年 10 月。

〔註87〕季旭昇，《甲骨文字跟研究》，159 頁，臺北：文史哲出版社，2003 年 12 月。

〔註88〕羅振玉，《殷虛書契考釋》中，12 葉上，1927 年；甲詁 2180 號。

〔註89〕葉玉森，《殷墟書契前編集釋》2 卷，45 頁上，1932 年 10 月；甲詁 1757 號。李孝定，《讀說文記》，193 頁，臺北：中央研究院歷史語言所，1992 年。裘錫圭、李家浩，《望山楚簡・一號墓考釋》注 37，北京：中華書局，1995 年。

〔註90〕劉釗，〈包山楚簡文字考釋〉，注 148，中國古文字研究會學術研討會論文，1992 年；《香港大學：東方文化》，1998 年 1～2 期合刊。

〔註91〕林清源，《楚國文字構形演變研究》，43 頁，東海大學中文所博士論文，1997 年 12 月。

## （三）楚簡「雍」部件析論—以「興」字為例

楚簡「興（從「呂」）」字和以「興（從「呂」）」為部件的字形和辭例：

| 字　例 | 字　形 | 辭　　例 |
|---|---|---|
| 興 | | 1. 興邦家，治正教。【上博二從乙 1】 |
| 興 | | 2. 聞之曰：從政有七機：獄則興，威則民不道。【上博二從乙 8】 |
| 興（蠅） | | 3. 青蠅【上博一孔 28】 |
| 興（熊） | | 4. 東方之旗曰日，西方之旗曰月，南方之旗曰蛇，中正之之旗曰澳（熊），北方之旗曰鳥。【上博二容 20～21】 |

辭例 2「獄則」，周鳳五讀作「獄則興（營）」〔註92〕陳美蘭讀作「獄（桷）則興（凌）」〔註93〕雖然讀法有異，但都是將「」釋作「興」字。

辭例 3 即今本《詩・小雅・甫山之什・青蠅》。

辭例 4 從讀音和文義推測，似應讀為熊，「澳」從「興（曉母蒸部）」，與「熊（匣母蒸部）」聲近韻同，且《周禮・春官・司常》之「九旗」有熊虎。〔註94〕

楚簡「興」字所從「呂」形部件，周鳳五認為可能是聲符「邕」。〔註95〕魏宜輝則認為上面的「○」可能是「興」字「臼」之變體，而下面的「○」則可能是「厷」字中的「厶」。〔註96〕

案：楚簡「興」字，《郭》7 簡 8 作「」、《郭》7 簡 17 作「」，故魏宜輝所說「興字上面的○可能是興字中臼的變體」具參考價值，但是「下面的○」就不應是「厷字中的厶」，拙意以為「興」字下面的「○」是上面「○（興字中臼的變體）」的繁化或聲化；因為「邕（影紐東部）」與「興（曉紐蒸部）」聲韻俱近，可能聲化成「邕」，可以肯定的是楚簡「興」字所從「呂」部件絕不是「呂」，故楚簡此類「興」字所從「呂」會和「呂」部件同形。

---

〔註92〕周鳳五，〈讀上博楚竹書從政甲篇札記〉，簡帛研究網，2003 年 1 月 10 日。

〔註93〕季旭昇主編，《上海博物館藏戰國楚竹書二讀本》，75 頁，臺北：萬卷樓，2003 年 7 月。

〔註94〕馬承源主編，《上海博物館藏戰國楚竹書二》，上海古籍出版社，2002 年 12 月。

〔註95〕周鳳五，〈《孔子詩論》新釋文及注解〉，《上博館藏戰國楚竹書研究》，上海書店，2002 年。

〔註96〕魏宜輝，〈讀上博簡文字箚記〉，《上博館藏戰國楚竹書研究》，上海書局，2002 年。

（四）金文、楚簡「罨」部件析論

金文《集》06014⿰阿尊（西周早期）有一辭例爲「隹王初 ▩ 宅于成周」,《銘文選》引《尙書‧洛誥序》：「召公旣相宅，周公往營成周，使來告卜，作《洛誥》」和《尙書大傳》「五年營成周」爲證，將「▩」釋讀作「營」。

案：筆者謹遵李孝定所言「呂爲純象形字，其音讀當於回、▩、▩、▩諸字求之，並無可以讀營之旁證，知非營字也」，〔註97〕故贊成將「▩」字釋作「郎」，而「▩」字所從「呂」部件，可能只是「邑」部件上部所從「囗（方形範圍）」的繁化。

因爲楚簡從「罨」部件之字也會從「呂」，和上述楚簡「興」字從「呂」部件同形，故會造成若干考釋的困難，茲舉二例爲證。

例一，《郭》5 簡 4～5「呂望爲臧棘津，守監門棘地，行年七十而屠牛於朝歌，▩ 而爲天子師，遇周文也。」「▩」字可從裘錫圭釋「罨」，〔註98〕或從周鳳五、何琳儀、魏宜輝、李銳釋「興」，〔註99〕或從張光裕、黃人二、池田知久釋「舉」。〔註100〕

例二，《郭》16 簡 15～16「盡之而疑，必⿰⿱⿱ 鎔鎔其▩。如將有敗，雄是爲害。」「▩」字可從張光裕、劉釗釋「罨」，斷爲「裕裕其遷」，意謂「慢慢地離開」，〔註101〕或從李銳釋「興」，指「興師」，〔註102〕或從陳偉武釋「舉」，斷爲「其舉如將有敗，雄是爲遏」，意謂「舉動如將失敗，巨雄（雄傑之人）就會加以遏止。」〔註103〕

上述二例，因皆可通讀，故待考。

〔註97〕 李孝定，《甲骨文字集釋》，2499 頁，1965 年；甲詁 2038 號。

〔註98〕 荊門市博物館，《郭店楚墓竹簡》郭 5 注 6，北京：文物出版社，1998 年。

〔註99〕 李銳，〈郭店楚墓竹簡補釋〉,《華學》6，北京：紫禁城出版社，2003 年 6 月。

〔註100〕 張光裕主編，《郭店楚簡研究‧第一卷文字編》，臺北：藝文出版社，1999 年元月。
　　　　 李銳，〈上博館藏楚簡二初箚〉，簡帛研究網，2003 年 1 月 6 日。

〔註101〕 張光裕主編，《郭店楚簡研究‧第一卷文字編》，臺北：藝文出版社，1999 年元月。
　　　　 劉釗，《郭店楚簡校釋》，230 頁，福建人民出版社，2003 年 12 月。

〔註102〕 李銳，〈上博館藏楚簡二初箚〉，簡帛研究網，2003 年 1 月 6 日。

〔註103〕 陳偉武，〈戰國竹簡與傳世子書字詞合證〉,《第四屆國際中國古文字學研討會論文集》，香港中文大學，2003 年 10 月。

　　總而言之，楚簡「罨」、「興」、「舉」三字皆從「呂」形部件，和「呂」部件同形，故會衍生楚簡「興」、「舉」、「罨」三字考釋的困難。

### （五）楚簡「予」部件析論

　　楚簡從「予」部件之字主要有 1「豫」、2「舒」和 3「𤕝」，分述於下：

### 1. 楚簡「豫」字

| 字　例 | 字　形 | 辭　例 |
|---|---|---|
| 豫 | 從予 ![字形]包山7 ![字形]包山11 ![字形]包山52 | 1. 齊客陳豫【包山 7】 |
| | | 2. 陳豫【包山 11】 |
| | | 3. 番豫【包山 52】 |
| | | 4. 舒豫【包山 171】（滕編 750） |
| | | 5. 與賤民而豫（抒／舒）之，其用心也將何如？曰：邦風是也。【上博一・孔 4】 |
| | | 6. 頤：貞吉。觀頤，自求口實。豫（予／舍）爾靈龜，觀我朵頤，凶。【上博三周 24】 |

　　辭例 5 季旭昇以爲「豫」字從「象」、「予」聲，上古音在喻紐魚部，可以讀爲「抒（神紐於部）」或「舒（審紐魚部）」，《國風》所述「賤民」之事，愁苦者多，藉著詩歌抒發愁苦，寬舒心胸，即爲「豫」。〔註104〕

　　辭例 6 參照帛書本、王弼本、阜陽漢簡本和今本《周易》讀作「舍」。〔註105〕廖名春認爲「舍」古音魚部書母；楚簡「豫」從「予」聲，「予」古音魚部喻母，韻同聲近，故能通用。〔註106〕不過陳偉卻認爲當釋「豫」，讀「予」，馬王堆帛書本和今本《周易》相應之字均作「舍」，與竹書用字辭義相通。〔註107〕

### 2. 楚簡「舒」字

| 字　例 | 字　形 | 辭　例 |
|---|---|---|
| 舒 | 從予 ![字形]包山131 | 1. 舒遊【包山 131】<br>2. 舒豫【包山 171】（滕編 328） |

---

〔註104〕季旭昇主編，《上海博物館藏戰國楚竹書一》，15 頁，臺北：萬卷樓，2004 年 6 月。

〔註105〕馬承源主編，《上海博物館藏戰國楚竹書三》，169 頁、230 頁，上海古籍出版社，2003 年 12 月。廖名春，〈楚簡・周易・頤卦試釋〉，簡帛研究網，2004 年 4 月 24 日。

〔註106〕廖名春，〈楚簡・周易・頤卦試釋〉，簡帛研究網，2004 年 4 月 24 日。

〔註107〕陳偉，〈楚竹書周易文字試釋〉，簡帛研究網，2004 年 4 月 18 日。

| | | |
|---|---|---|
| | 上博三周49 | 3.（艮卦）六五，艮其輔，言有舒（序），悔无。【上博三周49】 |

辭例1～2何琳儀當「姓氏」解，見《通志・氏族略・以國爲氏》。〔註108〕

辭例3今本作「序」。〔註109〕

### 3. 楚簡「鼶」字

| 字 例 | 字 形 | 辭 例 |
|---|---|---|
| 鼶 | 從予 包山85<br>包山162 | 1. 宋鼶【包山85】<br>2. 尹鼶【包山162】<br>3. 陽鼶【包山180】（滕編770） |

辭例1～3何琳儀分析爲從「鼠」、「予」聲，疑「狳」之異文，人名。〔註110〕

案：豫，《說文》：「𧰼，象之大者。賈侍中說，不害於物，從象，予聲。」舒，《說文》：「𨏖，伸也。从予，舍聲。一曰舒緩也。」可見「豫」、「舒」二字皆從「予」部件。因其他辭例皆爲人名，故筆者擬從「豫」字辭例5～6、和「舒」字辭例3說起，無論「豫」字辭例5讀「舒／抒」，或是「舒」字辭例3今本作「序」，「豫」「豫」、「舒」、「抒」、「序」，皆從「予」部件，故不必多作解釋。但是「豫」字辭例6今本作「舍」，即需補充一些「予」、「舍」辭義相通的例證，如《管子・四稱》：「昔者無道之君，大其宮室，高其台榭，良臣不使，讒賊是舍。」郭沫若《集校》等引孫詒讓曰：「舍當爲予之借字。」。《墨子・耕柱》：「見人之生餅，則還然竊之曰：『舍余食』」，孫詒讓《閒詁》：「舍，予之假字。」《隸續》載魏三體石經《大誥》：「予惟小子」，「予」字古文作「舍」。

楚簡從「予」部件的「（豫）」、「（舒）」和「（鼶）」等字，都有「呂」形部件，季旭昇解釋：「予是呂的假借分化字」，〔註111〕故此「呂」形部件爲「予」。

既然「呂」形還可釋爲「予」部件，便可以之重新檢視金文、楚簡「誯」字，先將金文、楚簡「誯」字字形、辭例和相關討論羅列於下：

---

〔註108〕何琳儀，〈包山楚簡選釋〉，《江漢考古》，1993年4期。

〔註109〕馬承源主編，《上海博物館藏戰國楚竹書三》，202頁、243頁，上海古籍出版社，2003年12月。

〔註110〕何琳儀，《戰國古文字典》，569頁，北京：中華書局，1998年。

〔註111〕季旭昇，《說文新證上冊》，314頁，臺北：藝文印書館，2002年10月。

1. 金文《集》00427 配兒鉤鑃（春秋晚期），辭例爲「□□□初吉庚午，吳王□□□□□子配兒曰：余孰臧于戎攻且武，余畢恭畏忌，余不敢詩，余擇厥吉金，鉉鐐鎬鋁，自作鉤鑃，以宴賓客，以樂我諸父，子孫用之，先人是🔲。」

2. 《郭》9 簡 25，辭例爲「🔲命曰：『允師濟德。』」「🔲」，張光裕隸作「詔」；〔註112〕何琳儀釋作「詔」，疑《旅命》爲《旅巢命》之簡稱，乃僞古文《尚書》篇名，今佚，見《書序》；〔註113〕但是李零卻以今本《尚書》以「命」題篇，且篇名爲兩字者的《說命》、《畢命》、《冏命》三篇中都沒有與此條引文相應的文句，簡文字形也尚未確認來推測，此字不一定從呂。〔註114〕

案：金文「🔲」字與楚簡「🔲」字，其所從「呂」形部件，據上文討論，其可能爲「呂」、「宮」、「雍」、「畾」和「予」等部件，所以筆者分別將「呂」、「宮」、「雍」、「畾」、「予」（含相關諧聲字）帶入辭例中通讀，發現金文「🔲」字可隸定作「訏」，左旁「呂」部件爲「予」，表示「贊許、稱許的意思」，如《管子・宙合》：「主盛處賢，而自予雄也。」尹知章注：「自許以爲英雄。」予，許也。

至於楚簡「🔲」字，《尚書》以「命」爲篇名者，除了《旅巢命》、《說命》、《畢命》、《冏命》，還有《顧命》和僞古文尚書《肆命》、《原命》、《微子之命》、《蔡仲之命》、《賄肅愼之命》、《文侯之命》等，但都無法將字形的可能性與《尚書》篇名相對應，姑存待考。

### （六）楚簡「🔲」字析論

楚簡「呂」形部件除了代表「呂」、「宮」、「雍」、「畾」和「予」之外，說不定還有其他可能，如楚簡「🔲」字，其辭例有二：

1. 《郭》3.40「子曰：苟有車，必見其🔲，苟有衣，必見其敝。人〔苟有言，必聞其聲〕；苟有行，必見其成。」與之對應的《上博一・緇衣》

---

〔註112〕張光裕主編，《郭店楚簡研究第一卷文字編》，緒言 6 頁，臺北：藝文印書館，1999年元月。

〔註113〕何琳儀，〈郭店楚簡選釋〉，《文物研究》12，1999 年 12 月。

〔註114〕李零，《上博楚簡三篇校讀記》，127 頁，臺北：萬卷樓，2002 年 3 月。

簡 20 作「」，今本作「軾」。

2.《郭》16.10～11「車，不見江湖之水。匹婦愚夫，不知其鄉之小
人、君子。」

先看白於藍和徐在國對楚簡「」字，其「吕」形部件為「吕」的聲韻說
明：1. 白於藍將「」字讀「禦」，因為上古音「禦」為<u>疑母魚部</u>字，「吕」為
<u>來母魚部</u>字，兩字疊韻。從吕聲的莒、筥為見母魚部字，其聲母與禦同屬喉音。
可見禦與吕古音極近。且引《詩‧正義》引李巡曰：「竹前，謂編竹當車前以擁
蔽，名之謂禦。」孫炎曰：「禦，以簟為車飾也。」毛《傳》：「簟，方文席也」
等，說明「禦」是一種遮擋在車前的簟席。[註115]

2. 徐在國將「」字讀「轍」，將此字分析為從攴、從吕、從丙，吕、丙兩
旁都是聲符，上古音「徹」屬透紐月部，「吕」屬來紐魚部，「丙」屬透紐侵部，
「吕」與「徹」的聲紐都是舌頭音，魚、月二部的字音有關。[註116]

但就上古音韻判斷，無論是「禦（疑母魚部）」、「轍（透紐月部）」、「吕（來
母魚部）」，其聲韻皆有差距，或許不具有作為「聲符」的條件，故擬重新檢視
楚簡「」字，推測其所從「吕」部件，或許不是「吕」。

有關楚簡「」字討論的文章甚多，一般都將「」字依照朱德熙對《楚
帛書‧丙》1.5「武□□元」的釋法作「敱」，朱德熙所舉與楚簡「」字最為
相像的是金文「剮」字，如《集》03684〈剮屆作且戊簋〉「」、04378〈剮叔盨〉
「」、04484〈剮伯簠〉「」，它們在銘文皆作「國名」，為《孟子‧滕文公下》：
「湯居亳，與葛為鄰，葛伯而不祀」的「葛」。[註117]

將「」字釋「敱」的讀法有六，分別為 1 原釋文、黃人二釋「敱」讀「弻
（第）」，指車蔽。[註118] 2 裘錫圭、劉釗釋「敱」讀「蓋」，指車蓋。[註119] 3

〔註115〕 白於藍，〈釋〉，《古文字研究》24，2002 年 7 月。

〔註116〕 徐在國，〈釋楚簡「散」兼及相關字〉，「中國南方文明」學術研討會，臺北：歷史
語言研究所，2003 年 12 月 19～20 日。

〔註117〕 朱德熙，〈長沙帛書考釋〉，《古文字研究》19，294～296 頁，1992 年 8 月。

〔註118〕 荊門市博物館，《郭店楚墓竹簡》郭 3 注 101，北京：文物出版社，1998 年。黃人
二，《上海博物館藏戰國楚竹書（一）研究》，臺北：高文出版社，2002 年。

〔註119〕 荊門市博物館，《郭店楚墓竹簡》郭 3 注 101，北京：文物出版社，1998 年。劉釗，
《郭店楚簡校釋》，福建人民出版社，2003 年 12 月。

李零、劉信芳釋「敲」讀「轍」。〔註 120〕4 趙建偉釋「敲」讀「軾」。〔註 121〕5
劉曉東釋「敲」讀「輂」。〔註 122〕6 顏世鉉釋「敲」讀「轄」。〔註 123〕

　　其中黃人二、劉信芳還考慮《郭店楚簡・緇衣》簡 40:「子曰:苟有車,
必見其敲,苟有衣,必見其敝。人〔苟有言,必聞其聲〕;苟有行,必見其成」
的押韻,因爲「聲」、「成」押韻,所以「敲」和「敝」也要押韻。

　　張富海則引《古文四聲韻・薛韻》古《老子》「褫」和《義雲章》「繪」之
「徹」字右所從與此字左旁形近,疑「敲」字釋「散」。〔註 124〕

　　案:先分別以「第」、「蓋」、「轍」、「軾」、「匣」、「輂」、「禦」等,釋讀《郭》
3.40「子曰:苟有車,必見其敲,苟有衣,必見其敝」,因爲「第」、「蓋」爲車
蓋,「轍」爲車輾過的痕跡,「軾」爲古代車箱前立乘者憑扶的橫木,「匣」、「輂」
爲車軸兩端扣住書的插栓,「禦」爲遮擋在車前的箄席,皆爲古代車子的要件,
都屬合理推測。但若參考黃人二、劉信芳對《郭》3 簡 40「敲」、「敝(並紐月
部)」二字押韻的考量,「蓋(見鈕月部)」、「轍(透紐月部)」、「輂(匣紐月部)」、
「匣(匣紐月部)」等,其韻母同爲「月」部,較爲合適。

　　再分別以「第」、「蓋」、「轍」、「軾」、「匣」、「輂」、「禦」等,釋讀《郭》
16 簡 10～11「車敲藞醅,不見江湖之水。匹婦愚夫,不知其鄉之小人、君子」,
發現得先解決「藞醅」的考釋,劉信芳讀作「魢鮪」、〔註 125〕陳偉讀作「鮒鱋」,
〔註 126〕鄒濬智讀作「鮒魚」,〔註 127〕顏世鉉讀爲「閉宥」或「密宥」,〔註 128〕

〔註 120〕李零,《郭店楚簡校讀記(增訂本)》,65 頁,北京:北京大學出版社,2002 年 3
　　　　月。劉信芳,〈郭店簡《語叢》文字試解(七則)〉,《簡帛研究》2001,桂林:廣
　　　　西師範大學出版社,2001 年 9 月。

〔註 121〕趙建偉,〈讀上博簡緇衣札記〉,簡帛研究網,2003 年 9 月 9 日。

〔註 122〕劉曉東,〈郭店楚簡緇衣初探〉,《蘭州大學學報》115 頁,2000 年 4 期。

〔註 123〕顏世鉉,〈幾條周家臺秦簡「祝由方」的討論〉「中國南方文明」學術研討會,臺
　　　　北:歷史語言研究所,2003 年 12 月 19～20 日。

〔註 124〕張富海,《郭店楚簡緇衣篇研究》,北京大學中文所碩士論文,2002 年。

〔註 125〕劉信芳,〈郭店簡《語叢》文字試解(七則)〉,《簡帛研究》2001,桂林:廣西師
　　　　範大學出版社,2001 年 9 月。

〔註 126〕陳偉,《郭店竹書別釋》,235～236 頁,武漢:湖北教育出版社,2002 年 1 月。

〔註 127〕鄒濬智,《上海博物館藏戰國楚竹書 (一)緇衣》,181～183 頁,臺灣師大國文
　　　　所碩士論文,2004 年 6 月。

季旭昇總結「䓹」有兩解，一讀「鮒」，一讀「閉」，若依前解，本句可釋為「車轍中的蝦蟆和泥鰍，見不到江湖之大水。」若依後解，本句可釋為「車轍中閉塞的泥鰍，見不到江湖之大水。」「必」、「閉」上古音同屬「幫紐質部」，通讀較直接，姑用後解。〔註129〕但筆者將《郭》16 簡 10～11 對照《莊子‧外物》：「車轍之鮒魚」，還是覺得季旭昇總結的前說較佳，如此「鮒魚」〔註130〕出現在「車轍」的機率是大於「第」、「蓋」、「軾」、「匣」、「蓁」、「禦」等部位的。

將「歠」字釋讀作「轍」，除了張富海引《古文四聲韻‧薛韻‧老子》和《義雲章》之「徹」字形上的根據之外，將「歠（轍）」帶入《郭》3 簡 40「子曰：苟有車，必見其轍，苟有衣，必見其敝。人〔苟有言，必聞其聲〕；苟有行，必見其成」，和《郭》16 簡 10～11「車轍䓹酣，不見江湖之水。匹婦愚夫，不知其鄉之小人、君子」皆可通讀，且《郭》3 簡 40 的「轍（透紐月部）」，可與「敝（並紐月部）」押韻，《郭》16 簡 10～11 的「車轍䓹酣」文義，可與《莊子‧外物》「車轍之鮒魚」相對照。再加上《郭》3.40「歠」字，今本作「軾」，鄒濬智認為若將《郭》3.40「歠」字釋「轍（澄紐月部）」，便可解釋為何今本《禮記‧緇衣》作「軾（審紐職部）」，因為二字上古聲均屬舌頭，韻部月、職旁轉雖不多見，但確有其例（《古音學發微》頁 1058）。是今本以音義俱近而改「轍」為「軾」。〔註131〕幾經考量，最後還是贊成將「歠」字釋讀作「轍」。

「歠」字讀「轍」的問題解決後，需要釐清的是「歠」字該隸定作「歇」或「散」，若是將「歠」隸定為「歇」（從「曷」，匣紐月部），與「轍（透紐月部）」字通假會有困難，既然張富海找到「徹」字《古文四聲韻‧薛韻》所引《古老子》作「𢔽」、《義雲章》作「𢔾」，其右部所從可與「歠」字相對照，且徐在國還舉《睡虎地竹簡‧日書乙》簡 47「𢖳」字，《馬王堆漢墓文字編》129 頁「徹」字，《秦

---

〔註128〕顏世鉉，〈幾條周家臺秦簡「祝由方」的討論〉，「中國南方文明」學術研討會，臺北：歷史語言研究所，2003 年 12 月 19～20 日。

〔註129〕季旭昇主編，《上海博物館藏戰國楚竹書一讀本》，40 頁，臺北：萬卷樓，2004 年 6 月。

〔註130〕鄒濬智，《上海博物館藏戰國楚竹書 （一）緇衣》，181～183 頁，臺灣師大國文所碩士論文，2004 年 6 月。

〔註131〕鄒濬智，《上海博物館藏戰國楚竹書（一）緇衣》，181～183 頁，臺灣師大國文所碩士論文，2004 年 6 月。

印文字匯編》264 頁「灪」字等，〔註132〕其右部所從也可與「歔」字相對照，所以筆者贊成將「歔」字直接隸定作「散」，如此通讀成「轍」，就毫無困難了。

徹，《說文》：「徹，通也。从彳、从攴、从育。𢔚，古文徹。」羅振玉認為此从鬲從又，象手象鬲之形，蓋食畢而撤去之。〔註133〕「散（徹）」字可能的字形演變如下：

　　𩰪【前 2.9.5】→𩰪【集 06014，𣄜尊，西周早期】→𩰪【集 10175，牆盤，西周中期】→𩰪【集 00157㝬羌鐘】→歔【楚簡】→𢔚【睡虎地竹簡・日書乙簡 47】→徹【馬王堆漢墓文字編 129 頁】→灪【秦印文字匯編 264 頁】

當然上述「散（徹）」字可能的字形演變，不可否認有斷層存在，且演變原因也待考，但至少提供了一種詮釋楚簡「歔」字的可能，即楚簡「歔」字所從「呂形部件」，不見得必是「呂」字，此只是與「呂」部件偶然同形罷了。

## 第四節　「凡」、「同」同形

凡，同是兩個音義完全不同的字，凡，《說文》：「𠁡，括而言也。从二，二、耦也。」同，《說文》：「𠔎，合會也。從𠔼口。」但從甲骨文開始，「凡」、「同」二字會因字形同源而同形。

### 一、同形字字形舉隅

| 凡 | 同 |
|---|---|
| 𠁡合 3216 | 𠔎合 709 |

### 二、同形字辭例舉隅

（一）「凡」字辭例

　　1. 至商凡父乙。【合 914 反①甲橋刻辭】

　　2. 癸巳卜，將兄丁，凡父乙。【合 32730④】

---

〔註132〕徐在國，〈釋楚簡「散」兼及相關字〉，「中國南方文明」學術研討會，臺北：歷史語言研究所，2003 年 12 月 19～20 日。

〔註133〕羅振玉，《殷虛書契考釋》，1927 年。

3. 〔乙〕丑卜㱿貞：先酒子<u>凡</u>父<u>乙</u>三牢。／貞先酒子<u>凡</u>父<u>乙</u>三牢。【合3216 正①】

## （二）「同」字辭例

1. 貞：帚好弗其<u>肩同（痛）</u>，有疾。一　二　二貞：帚骨／<u>肩同（痛）</u>，有疾。一二三【合709正①】

2. 己酉卜，㱿貞：姤<u>肩同（痛）</u>，有疾。【合13868①】

3. 貞：雀<u>肩同（痛）</u>。／雀不其<u>肩同（痛）</u>。【合1677反①】

4. 庚寅卜，爭貞：子不<u>肩同（痛）</u>，有疾。【合223①】

5. 戊申卜，貞：雀<u>肩同（痛）</u>，有疾。【合13869①】

## 三、同形字辭例說明

### （一）「凡」字辭例說明

白玉崢將「🅗」作「祭名」解，〔註134〕雖然甲骨文《合》22202也有「同父乙」的辭例，故不排除有釋「同」的可能，但作祭名解時字形多作「🅗」，因祭名無其他文獻佐證，故筆者從多數字形寫法釋讀作「凡」。

### （二）「同」字辭例析論

甲骨文「🅗有疾」的「🅗」字釋法有「凡」、「同」兩種說法。

1. 釋「凡」，①郭沫若釋「凡」讀「盤」，「🅗」為「緐（游）凡（盤）」，遊樂的意思；〔註135〕②嚴一萍釋「凡」讀「風」，「🅗」為「凸（禍）凡（風）」，伴隨禍的風；〔註136〕③沈寶春釋「凡」讀「骬」，「🅗」為「骨凡（骬）」，骨端曲折不正；〔註137〕④張玉金釋「凡」讀「盤」，「🅗」為「凸（禍）凡（盤）」，毀壞安康之義；〔註138〕⑤林小安釋「凡」讀「犯」，「🅗」為「骨（果）凡（犯）」，果真犯有疾病。〔註139〕

---

〔註134〕白玉崢，〈契文舉例校讀〉，《中國文字》第8卷34冊，3774～3776頁，1960年。

〔註135〕引自李孝定，《甲骨文字集釋》，1488頁，1965年。

〔註136〕嚴一萍，《卜辭徵醫》，1951年4月，甲詁2845號。

〔註137〕沈寶春，〈釋凡與骨凡㞢疾〉，《第二屆國際中國古文字學研討會論文集》，香港中文大學，1993年10月。

〔註138〕張玉金，〈說甲骨文中的「骨凡有疾」〉，《考古與文物》，1999年第2期。

〔註139〕林小安，〈殷墟甲骨文「骨凡㞢疾」考辨〉，《揖芬集》，2001年1月29日。

2. 釋「同」，①唐蘭釋「同」，「⿰⿱⿴」為「卣（攸）同」；〔註140〕②饒宗頤
　　釋「同」讀「重」，「⿰⿱⿴」為「凸（禍）重」；〔註141〕③李孝定釋「同」
　　讀「痛」，「⿰⿱⿴」為「骨痛」；〔註142〕④裘錫圭釋同，「⿰⿱⿴」為「肩同」，
　　能分擔王疾。〔註143〕

　　案：筆者認為要解決甲骨文「⿰有疾」的釋讀，得先確認「⿴」字的意義。
拙意認為「⿴」字可依照裘錫圭的說法，「凸」字作「z」，所以「⿴」字象卜用
牛肩胛骨，釋為「肩」，〔註144〕乃身體的一部分，常和「有疾」一起出現。卜
辭「有疾」與「身體器官」同出一詞之例，如《合》13615、13616「有疾+首」；
《合》13620、13625「有疾+目」；《合》13644、13645、13646、13651、13658
「有疾+齒」；《合》13679「有疾+肱」；《合》13682「有疾+趾」；故上述諸說
中，最後僅需考慮沈寶春「骨凡（骪）」說，〔註145〕與李孝定的「骨痛」說。
〔註146〕而拙意又以李孝定的「骨痛」說較佳，因為「同（定紐東部）」、「痛（透
紐東部）」聲韻俱近可以通假，且以「骨／肩同（痛）有疾」訓解最為明瞭，
而「骨痛」詞組又常見於古醫書《黃帝內經》，如〈素問〉篇有「*骨痛*而髮落」、
「諸癃腫筋攣*骨痛*」、「熱病先身重*骨痛*」、「寒多則筋攣*骨痛*」、「身熱*骨痛*而
為浸淫」；〈靈樞〉篇有「膝內輔*骨痛*」、「熱病身重*骨痛*」、「*骨痛*爪枯也」等。
〔註147〕當然也可釋為「肩痛」，因為《黃帝內經‧素問》也有「頭項*肩痛*」的
病症。而筆者不採用「骨骪」說，是因為「丸」、「凡」形近而訛，所引證《正
字通》：「骪，古骩字」，乃後代俗體字，「丸」、「凡」形近而訛尚未在甲骨文中
發現，甲骨文雖從未見過從「凡」、從「口」的「⿰」作「骨／肩同（痛），有
疾」，但是上文也說了《合》914「凡父乙」，可和《合》22202「同父乙」的

---

〔註140〕唐蘭，《天壤閣甲骨文存考釋》，9頁，1939年4月；甲詁2847號。

〔註141〕饒宗頤，《殷代貞卜人物通考》，114～115頁，1957年11月；甲詁2845號。

〔註142〕李孝定，《甲骨文字集釋》，3978頁，1965年；甲詁2845號。

〔註143〕裘錫圭，〈說肩凡有疾〉，《故宮博物院院刊》，2000年1期。

〔註144〕裘錫圭，〈說肩凡有疾〉，《故宮博物院院刊》，2000年1期。

〔註145〕沈寶春，〈釋凡與骨凡𡆵疾〉，《第三屆國際中國古文字學研討會論文集》，香港中
　　　　文大學，1997年10月。

〔註146〕李孝定，《甲骨文字集釋》，3978頁，1965年；甲詁2845號。

〔註147〕馬元台，張隱庵，《中國醫藥叢書‧黃帝內經》，台聯國風出版社，1984年。

辭例相對照，且翻閱《類纂》1104 頁，發現甲骨文「同」字辭例僅區區六條，而「同（🮲）」字上部所從又與「凡（🮲）」同形，故筆者懷疑「🮲有疾」的「🮲」字，可能是「凡」、「同」字形同源而同形，所以「🮲有疾」的「🮲」字，可釋作「同」，讀爲「痛」。

筆者將「🮲有疾」斷句讀作「肩同（痛），有疾」，此爲複句，「肩同（痛）」是「敘事句」；「有疾」是省略主詞「肩」的「有無句」，補足前一句「肩痛」之義。筆者之所以認爲「肩同（痛）」和「有疾」可斷讀，主要是參照《類纂》833～834 頁，發現《合》709 反、795 正、811 正、1578、1677、3175、3230、8626、10936 正、13871～13874、13882、13896、13907、13912、13920、13923、21036、21050、21052、21059 等辭例皆僅作「肩同（痛）」，和「肩同（痛），有疾」出現的頻率不相上下，故將「肩同（痛）」獨立斷句，應屬合理推測。

## 四、同形原因析論

凡，羅振玉首先釋「🮲」字本義爲「槃」，〔註148〕郭沫若直接說「🮲乃凡字，槃之初文也，象形。」〔註149〕贊成凡之本義爲「槃」者，還有吳其昌、陳夢家等。〔註150〕但它與青銅器「宴前飯後行沃盥之禮承水器」〔註151〕的「盤」並非一物。「凡（🮲）」在甲骨文中多作「祭名」使用，所以筆者贊成白玉崢所說「疑🮲爲祭器之一」，〔註152〕即「凡（🮲）」字本義應該是一種「祭祀用的槃子」。

同，雖然《說文》認爲「同」字從「曰」、「口」，但是林義光、高田忠周都認爲「同」字從「凡」、「口」，〔註153〕從《類纂》1104 頁發現甲骨文所有「同」字，《合》22202、26870、28019、30439、31680 皆作「🮲」形，上部皆從「凡（🮲）」；下表金文字形例證，也可證明「同」字確應從「凡」部件：

---

〔註148〕羅振玉，《殷虛書契考釋》中，39 頁，1927 年；甲詁 2845 號。

〔註149〕郭沫若，《卜辭通纂》，29 頁背，1933 年；甲詁 3129 號。

〔註150〕吳其昌，《殷虛書契解詁》，196～197 頁，1934 年。陳夢家，《卜辭綜述》，432 頁，1956 年 7 月；甲詁 2845 號。

〔註151〕馬承源，《中國青銅器》（修訂本），258～265 頁，上海古籍出版社，2003 年 1 月。

〔註152〕白玉崢，〈契文舉例校讀〉，《中國文字》第 8 卷 34 冊，3774～3776 頁，1960 年。

〔註153〕林義光，《文源》，1920 年。高田忠周，《古籀篇》48，第 34 頁，1925 年；金詁 1035 號。

| 字 例 | 字 形 | | 辭 例 |
|---|---|---|---|
| 凡 | | 凡 | 凡百又卅又五叔【04322 盠簋，西周中期】 |
| | | 凡 | 凡用即乎田七田，人五夫。【02838 曶鼎，西周中期】 |
| | | 凡 | 凡復友復友肈比田十又三邑【04466 肈比盨】 |
| | | 凡 | 凡十又五夫正履【10176 散氏盤，西周晚期】 |
| | | 凡 | 凡散有嗣十夫【10176 散氏盤，西周晚期】 |
| | | 凡 | 凡以公車折首二百又□又五人【02835 多友鼎，西周晚期】 |
| 同 | 從凡 | 同 | 休同公【04330 沈子它簋蓋，西周早期】 |
| | | 同 | 公令彶同卿事寮。【06016 矢令方尊，西周早期】 |
| | | 同 | 唯五月初吉庚午，同仲宄西宮【09721 幾父壺，西周中期】 |

　　「凡」、「同」二字的關係，孫詒讓說「月疑是同之省文」；〔註154〕吳其昌說「凡猶同也」；〔註155〕唐蘭說「月同一字」；〔註156〕裘錫圭說「古文字同字口上偏旁的寫法與凡無別，而且在古文字裡，同一個字往往有加口和不加口兩種寫法。」〔註157〕裘錫圭還舉甲骨文「▓」字（《甲骨文編》264 頁），當與金文「▓」（桐《金文編》312 頁）爲一字。〔註158〕此可說明甲骨文「凡」、「同」部件同形。其實，不只甲骨文「▓」字，還有甲骨文、金文「庸」字，也可證明甲骨文、金文「凡」、「同」部件同形。

　　庸，《說文》：「▓，用也。從用庚。庚，更事也。《易》曰：先庚三日。」而宋末戴侗《六書故》認爲「庸」是「鏞」的初文，「庸」、「用」字音極近，「庸」顯然是從「庚」、「用」聲的形聲字。吳式芬、劉心源、裘錫圭等都贊成「庸」字本形從「用」，本義爲大鐘「鏞」。〔註159〕

　　但是「庸」字在甲骨文、金文都有從「用」部件和從「凡」部件兩種寫法。甲骨文《合》12839「庸」字從「用」作「▓」，辭例爲「☑雨庸舞」。甲

---

〔註154〕孫詒讓，《契文舉例》上，35 頁，1917 年；甲詁 2845 號。

〔註155〕吳其昌，《殷虛書契解詁》，329 頁，1934 年；甲詁 2845 號。

〔註156〕唐蘭，《天壤閣甲骨文存考釋》，9 頁，1939 年 4 月；甲詁 2847 號。

〔註157〕裘錫圭，〈說肩凡有疾〉，《故宮博物院院刊》，2000 年 1 月。

〔註158〕裘錫圭，〈甲骨文中的樂器名稱——釋庸豐鞀〉，《古文字論集》，北京：中華書局，1992 年 8 月。

〔註159〕裘錫圭，〈甲骨文中的樂器名稱——釋庸豐鞀〉，《古文字論集》，北京：中華書局，1992 年 8 月。

骨文還有「庸」字從「凡」部件的寫法，如《合》30961作「⿳」，辭例爲「□重彳公乍豐庸于又正。王受〔又〕。」《合》15994作「⿳」，辭例爲「貞：重辛庸用。」

　　金文《集》04321 訇簋「庸」字從「用」作「⿳」，辭例爲「先虎臣後庸」。金文還有「庸」字從「凡」部件的寫法，如《集》09734 舒盙壺作「⿳」，辭例爲「以追庸先王之功烈」，《集》04261 天亡簋作「⿳」，辭例爲「不緐王作庸，不克气衣王祀。」

　　裘錫圭曾對甲骨文、金文部分「庸」字從「凡」，所造成「凡」、「用」部件同形的現象作過說明：

> 庚字所從的「⿴」，在古文字裡可以讀爲「同」……讀爲「同」的「⿴」
> 大概是筒、桶一類的象形字。同、用二字古音極近，同和用的韻母
> 都屬東部，同的聲母屬定母，用屬喻母四等，這兩類聲母在上古也
> 非常接近。〔註160〕

從裘先生的解釋，可知甲骨文、金文「庸」字所從「⿴」部件得釋爲「同」，才能與「用」字通假，當作「庸」字的聲符。從「庸」字所從「⿴」部件，也可證明「⿴」有「凡」、「同」兩種釋讀方式。

　　「同」字從「凡」，「凡」、「同」本爲一字，即甲骨文「凡」、「同」二字乃因字形同源、尙未分化而同形，故甲骨文字明明爲「⿴（凡）」形，卻要釋作「同」字。「凡（並紐侵部）」、「同（定紐東部）」，無論聲、韻皆相差甚遠，很難通假，故只能用「字形同源」的「同形字」詮釋。

## 五、天亡簋「⿴」字析論

　　金文《集》04261號天亡簋（西周早期）的完整辭例爲：「乙亥，王又大豐，王⿴三方，王祀于天室，降，天亡又王衣祀于王丕顯考文王，事喜上帝，文王德在上，丕顯王作省，不緐王作庸，不克气衣王祀。丁丑，王鄉大㲋（宜），王降，亡勛爵、退囊，唯朕又蔑，每揚王休于尊伯。」

　　其中「王⿴三方」的「⿴」字釋法有「凡」、「同」、「興」三說：

---

〔註160〕裘錫圭，〈甲骨文中的樂器名稱——釋庸豐鞀〉，《古文字論集》，北京：中華書局，
　　　　1992年8月。

1. 「凡」說。聞一多釋「凡」讀「汎」，「王**⊟**三方」即「王在辟雍中汎舟」義；〔註161〕陳夢家、《銘文選》都贊成聞一多的說法，《銘文選》認為此與麥尊銘「王乘於舟」同意。〔註162〕

2. 「同」說。孫詒讓首先將「王**⊟**三方」釋作「王同三方」，〔註163〕吳闓生、孫海波都贊成用「會同」來解釋「王同三方」。〔註164〕

3. 「興」字省文說。赤塚忠認為「**⊟**」可能是**㳒**之省文（搬之初文）。〔註165〕

案：赤塚忠所說「**⊟**可能是**㳒**之省文」，「**㳒**」字並非「搬之初文」，而是「興」字，所以「**⊟**」字同時兼具「凡」、「同」、「興」三種考慮，是一個值得討論的現象。甲骨文「凡」、「同」、「興」三字皆有作「祭名」用法的字形和辭例：

| 字 例 | 字 形 | 辭　例 |
|---|---|---|
| 凡 | **H**合 3216 | 至商凡父乙。【合 914 反①甲橋刻辭】<br>癸巳卜，將兄丁，凡父乙。【合 32730④】<br>〔乙〕丑卜殼貞：先酒子、凡父乙三牢／貞先酒子、凡父乙三牢。【合 3216 正①】 |
| 同 | 合 22202 | 同父乙【合 22202①】 |
| 興 | 合 19907<br>合 22044<br>合 19874 | 乙亥，扶，用巫今興母庚允史。三【合 19907①】<br>辛亥卜，興司戊。【合 22044①】<br>辛亥卜，興祖庚。【合 22044①】<br>暨興酒祖丁☐父王受又又。【合 27365③】<br>□□卜，酒重興兄祖戊用。【合 19874①】 |

從上表可見，甲骨文「興」字皆從「**H**」（凡）部件，故本義可參照羅振玉所說從「般（槃）」。〔註166〕

「興」、「同」二字的關係，唐蘭在《天壤閣甲骨文存考釋》說：「古書用興

---

〔註161〕《聞一多全集》，第 604 頁；金詁 1696 號。

〔註162〕金詁 1696 號。

〔註163〕孫詒讓，《契文舉例》上，35 頁，1917 年；甲骨 2845 號。

〔註164〕吳闓生，《吉金文錄》卷 3，第 1 頁大豐敦，1934 年；金詁 1696 號。孫海波，《天亡簋問字疑年》，引自張世超等，《金文形義通解》，京都：中文出版社，1995 年。

〔註165〕赤塚忠，〈西周初期金文考釋二〉，《甲骨學》8；金詁 1696 號。

〔註166〕羅振玉，《增訂殷墟書契考釋》，1927 年；甲詁 2847 號；金詁 332 號。

字者，義多若同」，引《微子》云：「小民方<u>興</u>相爲敵讎也」即「小民方<u>同</u>相爲敵讎也」。又云：「殷邦方<u>興</u>，沉酗於酒」即「殷邦方<u>同</u>，沉酗於酒」爲證，皆說明了「同」、「興」二字經常互用的關係。

而「凡」、「同」、「興」三字，在字形方面，甲骨文「同」、「興」二字皆從「凡（槃）」部件，且甲骨文「凡」、「同」、「興」三字皆可作「祭祀動詞」解，可見周法高將天亡簋「日」字作「祭祀義」其來有自。〔註167〕

既然筆者推測將天亡簋「王日三方」的「日」字作「祭祀義」理解，其可直接依照字形釋「凡」，也可釋「同」或「興」。但是與〈天亡簋〉同爲西周早期的《集》04330〈沈子它簋蓋〉「同」字作「茍」，《集》06016〈矢令方尊〉「同」字作「茍」；而殷商時期《集》09465～09466〈興壺〉「興」字作「茍」或「茍」，殷商或西周早期《集》08616〈興父辛爵〉「興」字作「茍」，皆可證明金文已有「同」、「興」各自獨立的字形。故拙意較贊成將〈天亡簋〉「王日三方」的「日」字，依照字形釋作「凡」，作「祭祀動詞」解，和下句「王祀于天室」互文見義。

# 第五節 「凡」、「舟」同形

凡、舟是兩個音義完全不同的字，凡，《說文》：「凡，括而言也。從二，二、耦也。」舟，《說文》：「舟船也，古者共鼓、貨狄刳木爲舟，剡木爲楫，以濟不通。象形。」但是甲骨文「凡」、「舟」，會因爲彼此形近訛誤而同形。

## 一、同形字字形舉隅

| 凡 | 舟 |
|---|---|
| 合 6355 | 合 32834 |
| 合 19918 | 合 32389 |
| 合 19591 | |

## 二、同形字辭例舉隅

### （一）「凡」字辭例

   1. <u>凡（般）</u>庚。二【合 19918①】

---

〔註167〕金詁 1696 號。

2. 凡（般）庚三牢〔戠〕。【合 21538 甲①】

3. 貞：叀凡（般）庚。【合 23105②】

4. 庚戌卜，扶，夕坐凡（般）庚伐，卯牛。二【合 19798①】

5. 凡（般）庚。【合 19916①】

6. ☑日舌〔方〕凡皇于土☑其🔲☑【合 6355①】

7. 貞：不其征凡（風）。【《藏》120.2；合 19591①】

## （二）「舟」字辭例

1. □午卜，叀大事析舟叀小事析舟／叀🔲令析舟。【鄴三下三九·三；合 32834④】

2. 〔乙〕丑卜，行貞：王其尋舟于滴亡災。在八月。【合 24608②】

3. 乙亥卜，行貞：王其尋舟于河，亡災。【合 24609②】

4. 玟舟自上甲。【合 32389④】

# 三、同形字辭例說明

## （一）「凡」字辭例說明

辭例 1～5 屈萬里認爲甲骨文「般庚」或作「凡庚」，知般凡古通，般盤通用。〔註168〕辭例 6 季旭昇認爲「凡」作「犯」，有侵擾的意思；「皇」有殺伐義，「凡皇」是戰爭動詞。〔註169〕辭例 7 葉玉森認爲🔲即甲骨文風省，可和《藏》98.2（《合》12796）「貞：不其征雨」對照。〔註170〕

案：甲骨文「凡（並紐侵部）」，或許可和「般（並紐元部）」、「盤（並紐元部）」、「風（幫紐東部）」三字通假，雖然它們的韻部皆有差距。

## （二）「舟」字辭例說明

辭例 1 于省吾解釋「析舟」爲「解舟」，即「解纜以行舟」，🔲是商王的臣僚，「其言叀🔲令析舟」是叫🔲令人解舟以待用。〔註171〕

---

〔註168〕屈萬里，《殷墟文字甲編考釋》，69 頁，1961 年；甲詁 2845 號。

〔註169〕季旭昇，〈說皇〉，《第六屆中國文字學全國學術研討會論文集》，1995 年 9 月。

〔註170〕葉玉森，《殷墟書契前編集釋》，葉 1 卷 112 頁下，1932 年 10 月；甲詁 2845 號。

〔註171〕于省吾，〈識「析舟」〉，《甲骨文字釋林》，283～285 頁，北京：中華書局，1979 年 6 月。

辭例2～3李學勤釋「尋舟」之「尋」爲「就」，可參見《漢書・郊祀志》注「王往就舟」。〔註172〕

辭例4「玟舟」，裘錫圭疑指與製造舟船有關的一種工作。〔註173〕

## 四、同形原因析論

凡，羅振玉首先用「槃」解釋「⊟」字，〔註174〕郭沫若直接說「⊟乃凡字，槃之初文也，象形。」〔註175〕贊成凡之本義爲「槃」者還有吳其昌和陳夢家等，〔註176〕但是它與青銅器「宴前飯後行沃盥之禮承水器」〔註177〕的「盤」並非一物。「凡（⊟）」在甲骨文中多作「祭名」使用，故筆者贊成白玉崢「疑⊟爲祭器之一」，〔註178〕「凡（⊟）」應是一種「祭祀用的槃子」。

舟，甲詁按語認爲契文「舟」象「舟船之形」。〔註179〕

甲骨文「凡」字應作「⊟」形，「舟」字應作「⊟」形，但是「舟」字有時會訛變、簡省成「⊟」形，與「凡」字僅存筆畫曲直的差別，極易同形，所以「舟」字在文獻中也有「凡（槃）」義，如《周禮・司尊彝》：「祼用雞彝、鳥彝，皆有舟。」鄭司農云：「舟，尊下台，若今時承槃。」〔註180〕可見李孝定認爲「《周禮・司尊彝》舟即槃（凡）原始象形文」之不誤；〔註181〕或許此祭祀用的「承槃」，即「凡」字本義。

凡、舟同形現象到了金文後就嚴格區分，以下爲金文凡、舟二字的字形和辭例：

---

〔註172〕李學勤，〈續釋「尋」字〉，《故宮博物院院刊》，2000年6期。

〔註173〕裘錫圭，〈說殷墟卜辭的奠〉，《史語所集刊》64：3，1993年12月。

〔註174〕羅振玉，《殷虛書契考釋》中，39頁，1927年；甲詁2845號。

〔註175〕郭沫若，《卜辭通纂》，29頁背，1933年；甲詁3129號。

〔註176〕吳其昌，《殷虛書契解詁》，196～197頁，1934年。陳夢家，《卜辭綜述》，432頁，1956年7月；甲詁2845號。

〔註177〕馬承源，《中國青銅器》（修訂本），258～265頁，上海古籍出版社，2003年1月。

〔註178〕白玉崢，〈契文舉例校讀〉，《中國文字》第8卷34冊，3774～3776頁，1960年；甲詁2845號。

〔註179〕甲詁3126號。

〔註180〕羅振玉，《殷虛書契考釋》，中62頁，1927年；甲詁2847號。

〔註181〕李孝定，《甲骨文字集釋》，1994頁、2773頁，1965年；甲詁3129號。

| 字　例 | 字　形 | 辭　例 |
|---|---|---|
| 凡 | 𠙹 | 凡百又卅又五叔【04322㦰簋，西周中期】 |
| | 𠙹 | 凡用即匂田七田，人五夫。【02838 曶鼎，西周中期】 |
| | 𠙵 | 凡復友復友爾比田十又三邑【04466爾比盨】 |
| | 𠙵 | 凡十又五夫【10176 散氏盤，西周晚期】 |
| | 𠙷 | 凡散有嗣十夫【10176 散氏盤，西周晚期】 |
| | 𠙷 | 凡以公車折首二百又□又五人【02835 多友鼎，西周晚期】 |
| 舟 | 𦨳 | 雩若翌日在璧靡，王乘于舟，爲大豐，王射大龏，禽，侯乘于赤旂舟從，死咸。【06015 麥方尊，西周早期】 |
| | 𦨶 | 司莽昌官內師舟。【04246～04249 楚簋，西周晚期】 |
| | 𦩍 | 〔舟丙〕。父丁。【05073 舟丙父丁卣，殷商】 |
| | 𦩍 | 父戊〔舟〕。乍（作）尊。【09012 舟父戊爵，西周早期】 |

張光直認爲「商代的族徽有造船這一專門職業」，〔註 182〕所以金文「舟」字可爲族徽。上表所列金文字形，已可清楚分辨「凡」、「舟」二字的差別，「凡」、「舟」二字至金文時期，已經分化完成。

## 五、相關字詞形義析論

### （一）「般」字形義析論

般，《說文》：「𦨷，辟也。象舟之旋，從舟、從殳。」《說文》將「般」字分析爲從「舟」部件。

但是從甲骨文《合》19918、21538、23105、19998、19916「盤庚」作「𦨷」；和金文「般」字字形也可從「凡（𠙹）」，如《集》10161 兔盤（西周中期）作「𦨷」，辭例爲「靜女王休，用作般（盤）盉」；又如《集》10137 中子化盤（春秋）作「𦨷」，辭例爲「中子化用保楚王，用征栩，用擇其吉金，自作盥盤。」

筆者認爲「般」字所從「𠙹」形部件皆爲「凡」，可和「凡（𠙹）」字本義「凡（槃）」相對照，至於小篆訛成「𦨷」形（從舟），可能是受「凡」、「舟」同形影響所致。

---

〔註182〕張光直，《商代文明》，北京工藝美術出版社，1999 年。

## （二）「受」字形義析論

多數學者皆認爲「受」字從「舟」，「舟」部件有聲符和義符兩種解釋方式。

1. 先看將「舟」部件視爲聲符的說法，①《說文》：「𦥎，相付也。從受，舟省聲。」②林義光說：「象相授受形，舟聲。」〔註183〕③嚴一萍說：「受字從兩手象授受之意，從舟若釋爲舟船字，則爲諧聲。」〔註184〕④裘錫圭說：「可授受的東西很多，爲什麼造字的人挑選了舟呢？大概是由於舟的音跟受相近，可以兼起表音的作用。」〔註185〕

2. 再看將「舟」部件視爲義符的說法，①楊樹達說：「甲骨文受字從二又從舟，蓋象甲以一手授舟，乙以一手受之。」〔註186〕②裘錫圭說：「受字形表示「舟」的授受，上面的手形代表授者，下面的手形代表受者。」〔註187〕③季旭昇說：「疑受字本義爲登舟授手，人登舟時重心不穩，授手他人，以便攙扶耳。後引申爲物之授受。」〔註188〕

但還是有少數學者認爲「受」字從「凡」，如①沈兼士認爲「受」象「以手受器之狀」；〔註189〕②戴君仁認爲「受字象兩手授受承槃」；〔註190〕③李孝定解釋的最詳細，其說爲：「契文金文受字均從舟作，此所云舟即《周禮・春官・司尊彝》『春祠夏禴祼用雞彝鳥彝皆有舟』之舟，鄭司農云：『舟尊下臺若今時承槃』疑契文金文受字所從即槃之古文。」〔註191〕④嚴一萍說：「若釋爲<u>盤盞</u>字，則象授受之物。」〔註192〕

---

〔註183〕林義光，《文源》，1920 年；金詁 534 號。

〔註184〕嚴一萍，《甲骨學》，248 頁，1991 年；甲詁 3128 號。

〔註185〕裘錫圭，《文字學概要》，北京：商務印書館，1998 年。

〔註186〕楊樹達，《甲骨文瑣記》，19 頁；甲詁 3128 號。

〔註187〕裘錫圭，《文字學概要》，北京：商務印書館，1998 年。

〔註188〕季旭昇，《說文新證上冊》，320 頁，臺北：藝文印書館，2002 年 10 月。

〔註189〕沈兼士，〈初期意符字之特性〉，《沈兼士學術論文集》，北京：中華書局，1986 年版。

〔註190〕戴君仁，〈同形異字〉，《台大文史哲學報》12 卷，1963 年。

〔註191〕李孝定，《甲骨文字集釋》，1443 頁，1965 年；甲詁 3128 號。

〔註192〕嚴一萍，《甲骨學》248 頁，1991 年；甲詁 3128 號。

案：為解決「受」字本義，甲骨文「受」字字形與辭例如下：

| 字　例 | 字　形 | 辭　例 |
|---|---|---|
| 受 | 合6204<br><br>合06271 | 1. 〔戊〕辰卜，𣇉貞：翌辛未令伐舌方受㞢又。／□□卜𣇉貞：乎多僕伐舌〔方〕受㞢又。／癸酉卜𣇉貞：乎多僕伐舌方受㞢〔又〕。【合540①】<br>2. 辛未卜𣇉〔貞〕：王勿逆伐舌〔方〕，下上弗若，不我其受又。六月。三【合6204正①】<br>3. 辛亥卜，𣇉貞：伐舌方，帝受☒／貞：帝不我其受佑。【合6271①】 |

金文「受」字字形與辭例如下：

| 字　例 | 字　形 | 辭　例 |
|---|---|---|
| 受 | | 王鼻宗小子于京室，曰：昔在爾考公氏克弼玟王，肄玟王受茲□□大令，佳建王既克大邑商……【06014𣄆尊，西周早期】 |
| | | 受余純魯，通祿永命，眉壽靈終。【00248癲鐘，西周中期】 |
| | | 王格大室，即立，宰引右頌入門立中廷，尹氏受王令書……頌拜𩒻首，受令冊，佩以出。【04334頌簋，西周晚期】 |
| | | 用受大福無疆。【09712曾伯陭壺，春秋】 |

「受」字，無論是甲骨文或金文，其字形都有從「凡」和從「舟」兩種寫法，故其構形兼有「凡」、「舟」兩種分析方式。拙意認為「受」字本義當從「凡（槃）」，因為授受之物為「凡（槃）」的可能性遠大於「舟」，後來可能因為「凡」、「舟」同形、或「變形聲化」〔註193〕才會改從「舟」部件。

## （三）「服」字形義析論

「服」字本形本義，因為凡、舟同形也有從「凡」和從「舟」二說。

從「舟」說，《說文》：「𦚤，用也。一曰車右騑，所以舟旋也。从舟𠬝聲。」段玉裁注曰：「从舟从人者，凡事如舟之於人，最初用也。凡事皆當如人之操舟也。又曰：馬之周旋，如舟之周旋，故其字从舟。」

從「凡（槃）」說，白川靜主服字之原義與祭祀之儀禮有關，𠬝象人屈服之形，服象臨盤服事之意。林潔明說：「服字本義當為服事，字從凡𠬝，𠬝亦聲，蓋象人奉盤服事之象。」〔註194〕

〔註193〕林清源解釋「變形聲化」為「將原本表形表義的部件，逐漸訛變為形體相近的音符」。（《楚國文字構形演變研究》，134～135頁，東海大學中文所博士論文，1997年。）
〔註194〕金詁1157號。

案：為解決「服」字本義，甲骨文「服」字的字形和辭例：

| 字 例 | 字 形 | 辭 例 |
|---|---|---|
| 服 | | ☒卜在服☒【合 36924⑤】 |

金文「服」字的字形和辭例：

| 字 例 | 字 形 | 辭 例 |
|---|---|---|
| 服 | | 王令毛伯更虢城公服，粤王立……登于大服【04341 班簋，西周中期】 |
| | | 翩克王服，出納王令，多賜寶休。【02836 大克鼎，西周晚期】 |

甲骨文「服」字構形不清，金文「服」字有從「凡」和從「舟」兩種寫法，故其構形就有「凡」、「舟」兩種分析方式。筆者贊成「服」字本義從「凡（槃）」，與「祭祀義」相關，因為「服」字本義用「舟」部件去解釋甚為迂曲。而「服」字《說文》訛變作「𦨶」（從「舟」部件），應是受「凡」、「舟」同形影響所致。

### （四）古文字「汎」、「洀」二字析論

甲骨文《合》11477 有一「」字辭例為「甲戌卜，爭貞，來辛子，其旬。」

金文《集》05983 啓作且丁尊有「」字，辭例為「啓從王南征，跚山谷，在水上，啓作祖丁旅寶彝。〔戍箙〕」。

甲骨文「」字的討論，茲舉二家說明於下，于省吾說：

> 即洀字，其從洀，單複無別。管子小問：「意者君乘駮馬而洀桓迎日而馳乎」，尹注：「洀古盤字。」按尹說是也。管子乘馬：「蔓山，其木可以為材，可以為軸，斤斧得入焉，九而當一；汎山，其木可以為棺，可以為車，斧斤得入焉，十而當一。」按汎即洀、即盤，古文從舟從凡一也……汎山即盤山，謂山之盤迴者，蔓山謂山之蔓延者，盤山與蔓山相對為文。旬洀應讀為徇盤。國語周語「乃命其旅曰徇」，韋注：「徇，行也。」說文：「㣧，行示也。」㣧即徇字，亦通巡。爾雅釋言釋文引字詁：「徇今巡。」廣雅釋言：「徇，行也。」然則徇盤即巡盤，謂巡行盤遊。〔註195〕

---

〔註195〕于省吾，〈釋洀〉，《甲骨文字釋林》，93～94 頁，北京：中華書局，1979 年 6 月。

湯餘惠說：

> 從「洀」字的早期寫法，正是舟船浮行水上的形象，應是表意字，
> 我疑心它就是「氾舟于河」(《國語・晉語》) 的「氾」，古書或作「汎」，
> 今通作「泛」〔註196〕

金文「𣲔」字的討論，同樣茲舉二家說明於下，容庚說：

> 玉篇洀同瀊，潘水迴旋也。〔註197〕

何琳儀、黃錫全說：

> 讀「洀水」爲「汎水」即「氾水」，以爲即《左傳》僖公廿四年：「王
> 適鄭，楚氾。」成公七年：「楚子重伐鄭，師于氾。」襄公廿六年：
> 「楚伐鄭，涉于氾而歸。」所指之「南氾水」，乃成周與楚地交通要
> 衝的汝穎之間，春秋時爲楚北伐必經之地，亦歷代南北軍事衝突必
> 爭之地。〔註198〕

案：甲骨文「𣲔」字，無論是從于省吾釋讀作「盤」，或是湯餘惠釋讀作「泛」；
金文「𣲔」字，無論是從容庚釋讀作「瀊」，或是從何琳儀、黃錫全釋讀作「氾」，
因皆可通讀，故待考。但甲骨文「𣲔」和金文「𣲔」字，所從「舟」部件都要
釋作「凡」部件，才能通假作「盤」、「瀊」或「泛」。此說明甲骨文、金文「凡」、
「舟」部件同形，所衍生考釋字詞的困難。故李家浩說：

> 「洀」在古代有兩種讀音。一是音「盤」……一是音「舟」，見《玉
> 篇》水部：「洀，之游切，水文也。」前一讀音的「洀」是一個從水
> 從舟的會意字，後一讀音的「洀」是一個從水舟聲的形聲字。〔註199〕

筆者認爲「洀」字在古代除了「舟」音外，之所以會有「盤」音，都是「凡」、
「舟」部件同形所致，因爲「凡（並紐侵部）」、「盤（並紐元部）」二字聲同韻
近，與「舟（章紐幽部）」字完全不同。

---

〔註196〕 湯餘惠，〈洀字別議〉，《容庚先生百年誕辰紀念文集》，廣州：廣東人民出版社，
　　　　 1998 年 4 月。

〔註197〕 金編 1841 號。

〔註198〕 何琳儀、黃錫全，〈啓卣、啓尊銘文考釋〉，《古文字研究》9，1984 年 1 月。

〔註199〕 李家浩，〈燕國「洀谷山金鼎瑞」補釋〉，《中國文字》24，1998 年 12 月。

## 第六節 「俎」、「宜」同形

俎，《說文》：「俎，禮俎也。从半肉，在且上」。宜，《說文》：「宜，所安也，從宀之下，一之上，多省聲」。「俎（莊紐魚部）」、「宜（疑紐歌部）」二字讀音迥異，雖然二字皆有「肴」義，但除了「肴」義之外的其他意義皆不相同，所以應該將它們視作兩個獨立的字看待。在金文《集》09726～09727 三年癲壺（西周中期）的「俎（俎）」字出現前，無論甲骨文或金文「宜」字，皆兼有「俎」、「宜」兩種意義，所以它們是一組字形同源的同形字。

### 一、同形字字形舉隅

#### （一）甲骨文「俎」、「宜」同形字形

| 俎 | 宜 |
|---|---|
| 合 14536<br>合 23502 | 合 2890<br>合 23399 |

#### （二）金文「俎」、「宜」同形字形

| 俎 | 宜 |
|---|---|
| 集 05413 四祀切其卣<br>集 00944 作冊般甗 | 集 09735 中山王𧥣方壺<br>集 11352 秦子戈 |

### 二、同形字辭例舉隅

#### （一）甲骨文、金文「俎」字辭例

1. 尊俎□十牛。十二月在□。【簠典 86；合 15856①】

2. 甲戌卜，𧽐貞：奏年☑燎于十牛俎☑【金 717；合 40112 摹本】

3. 丁卯卜，內：燎于河十牛俎，十牛。【後上 24.4，即合 14552①】〔註200〕

4. 辛亥卜旅貞：其俎羊于兄庚。【合 23502②】

5. 乙巳，王曰：尊文武帝乙俎，在召大廟。【05413 四祀切其卣，殷商】

6. 己酉，戍鈴尊俎于召康牘帶九律帶賞貝十朋。【09894 戍鈴方彝，殷商】

7. 作冊夨令尊俎于王姜，姜賞令貝十朋。【04300 作冊夨令簋，西周早期】

---

〔註200〕胡釋文「□卯卜，內：燎于河十牛，俎十牛。」

8. 王<u>俎（徂）</u>夷方，無殺，咸。【00944 作冊般甗，西周早期】

## （二）甲骨文、金文「宜」字辭例

1. 貞：貞：兄丁壱。／夕酒宜。／貞：我。三月。【合 2890】
2. 丙辰卜，䊫貞：其宜于妣辛一牛。【合 23399】
3. 逢燕無道易上，子之大辟不宜（義）。【09734 妿盍壺，戰國早期】
4. 臣宗之宜（義）……今吾老賙，親率參軍之眾，以征不宜（義）之邦……知為人臣之宜（義）也。【02840 中山王𧻕鼎，戰國晚期】
5. 適遭燕君子噲，不顧大宜（義），不忌諸侯……燕故君子噲，新君子之，不用禮宜（義），不顧逆順……唯德偃民，唯宜（義）可長。【09735 中山王𧻕方壺，戰國晚期】
6. 秦子作造中辟元用，左右市鈇用逸宜。【11352～11353 秦子戈，春秋早期】

## 三、同形字辭例說明

## （一）甲骨文、金文「俎」字辭例析論

甲骨文、金文俎字辭例共可分成三類，辭例 1、5～7「尊俎」為一類，辭例 2～4「動物+俎」（或「俎+動物」）為一類，最後是辭例 8「俎（徂）」。

高去尋認為甲骨文、金文「尊𢍏」，即《禮記・樂記》中的「尊俎」，《莊子・逍遙遊》、《史記・樂書》中的「樽俎」。〔註 201〕王蘊智認為「尊俎」特指薦置房俎之舉的禮教用語。〔註 202〕張政烺認為尊是動詞，有登、進義；俎是名詞，即禮俎，是一種特定的几，可以載祭品。〔註 203〕

古籍中常見「尊俎」辭例，如《禮記・樂記》：

> 樂者，非謂黃鐘大呂弦歌干揚也，樂之末節也，故童者舞之。鋪筵席，陳<u>尊俎</u>，列籩豆，以升降為禮者，禮之末節也，故有司掌之。
>
> 〔註 204〕

---

〔註 201〕金詁 976 號。

〔註 202〕王蘊智，〈「宜」、「俎」同源證說〉，《第三屆國際中國古文字學研討會論文集》，香港中文大學，1997 年 10 月。

〔註 203〕張政烺，〈𢎥其卣的真偽問題〉，《故宮博物院院刊》，1998 年 4 期。

〔註 204〕《十三經注疏・禮記》，75 頁，臺北：藝文印書館，1955 年。

《戰國策·齊策·蘇秦說齊閔王》：

> 臣之所聞，攻戰之道非師者，雖有百萬之軍，比之堂上；雖有闔閭、
> 吳起之將，禽之戶內；千丈之城，拔之<u>尊俎</u>之間；百尺之衝，折之
> 衽席之上……故曰鞅之始與秦王計也，謀約不下席，言於<u>尊俎</u>之間，
> 謀成於堂上，而魏將以禽於齊矣；衝櫓未施，而西河之外入於秦矣·
> 此臣之所謂比之堂上，禽將戶內，拔城於<u>尊俎</u>之間，折衝席上者也。
> 〔註205〕

《晏子春秋·內篇雜上》：

> 仲尼聞之曰：「夫不出于<u>尊俎</u>之間，而折衝于千里之外，晏子之謂也。
> 而太師其與焉。」〔註206〕

屈萬里將「動物+皿」之「皿」釋讀作「俎」，當動詞用，謂陳羊於俎以祭
也。〔註207〕金祥恆引《儀禮》有牛俎、羊俎、豕俎、魚俎等，證明「動物+皿」
之「皿」讀「俎」之不誤。〔註208〕

古籍中亦常見「牛俎」、「羊俎」辭例，如《儀禮·公食大夫禮》：

> 旅人取匕，甸人舉鼎，順出，奠于其所。宰夫設黍、稷六簋于俎西，
> 二以並東北上，黍當<u>牛俎</u>，其西稷錯以終，南陳。〔註209〕

《國語·楚語下·觀射父論祀牲》：

> 子期祀平王，祭以<u>牛俎</u>於王，王問於觀射父，曰：「祀牲何及？」對
> 曰：「祀加於舉·天子舉以大牢，祀以會；諸侯舉以特牛，祀以太牢；
> 卿舉以少牢，祀以特牛；大夫舉以特牲，祀以少牢；士食魚炙，祀
> 以特牲；庶人食菜，祀以魚。上下有序，則民不慢。」〔註210〕

《儀禮·少牢饋食禮》：

---

〔註205〕《戰國策》，441頁，臺灣古籍出版社，1978年。

〔註206〕《晏子春秋》，325頁，鼎文出版社，1977年再版。

〔註207〕屈萬里，《殷墟文字甲編考釋》，81頁，1961年；甲詁3279號。

〔註208〕金祥恆〈釋俎〉，《中國文字》，41冊，1971年9月；甲詁3279號。

〔註209〕《十三經注疏·儀禮》，42頁，臺北：藝文印書館，1955年。

〔註210〕《國語》，564～565頁，臺北：里仁書局，1980年。

陳鼎于東方，當序南于洗西，皆西面北上，膚爲下。七皆加于鼎，東枋。俎皆設于鼎西，西肆。肵俎在<u>羊俎</u>之北，亦西肆。宗人遣賓就主人，皆盥于洗，長枕。〔註211〕

除此，《集》09726～09727 號〈三年癲壺〉之「羔俎」與「彘俎」辭例，也可證明甲骨文「動物+宜」之「宜」字讀「俎」之不誤。

辭例 8《集》00944〈作冊般甗〉「<u>王宜（徂）夷方</u>」，孫詒讓認爲「宜」當借爲「徂往」之「徂」。〔註212〕可與下列文獻對照，如《尚書・商書・太甲上》：「<u>王徂桐宮居憂。克終允德。</u>」〔註213〕《尚書・商書・說命下》：「<u>自河徂亳，暨厥終罔顯。</u>」〔註214〕《尚書・周書・費誓》：「<u>徂茲淮夷、徐戎並興，善敹乃甲冑，敿乃干，無敢不弔。</u>」〔註215〕《毛詩・大雅・蕩之什・烝民》：「四牡彭彭，八鸞鏘鏘，王命仲山甫，城彼東方。四牡騤騤，八鸞喈喈，<u>仲山甫徂齊，式遄其歸</u>」〔註216〕等，皆是「俎（徂）+地名」。但是「宜」字必須釋作「俎（莊紐魚部）」，方可通假讀作「徂（從紐魚部）」。

### （二）甲骨文、金文「宜」字辭例析論

辭例 1～2 甲骨文「宜」字與「祭祀」相關時，金祥恆讀「俎」，〔註217〕陳夢家讀「宜」。〔註218〕但文獻中僅「宜」有祭祀義，如《禮記・王制》：「天子將出，類乎上帝，宜乎社，造乎禰。諸侯將出，<u>宜乎社</u>，造乎禰。」鄭玄注：「類、宜、造皆祭名，其禮亡。」孔穎達疏：「宜乎社者，此巡行方事，誅殺封割，應載社主也。云宜者，今誅伐得宜，亦隨其宜而告也。」又如《爾雅・釋天》：「起大事動大眾，必先有事乎社而後出，謂之<u>宜</u>。」郭樸注：「宜，有事祭也。」故當甲骨文「宜」字與「祭祀」相關時，筆者都主張釋讀作「宜」。

---

〔註211〕《十三經注疏・儀禮》，66 頁，臺北：藝文印書館，1955 年 8 月。

〔註212〕孫詒讓，《契文舉例》下，1 頁下，1917 年；甲詁 3279 號。

〔註213〕《十三經注疏・尚書》，11 頁，臺北：藝文印書館，1955 年。

〔註214〕《十三經注疏・尚書》，15 頁，臺北：藝文印書館，1955 年。

〔註215〕《十三經注疏・尚書》，41 頁，臺北：藝文印書館，1955 年。

〔註216〕《十三經注疏・詩經》，76 頁，臺北：藝文印書館，1955 年。

〔註217〕金祥恆，〈釋俎〉《中國文字》41 冊，1971 年 9 月；甲詁 3279 號。

〔註218〕陳夢家，《卜辭綜述》，266～267 頁，1956 年 7 月；甲詁 3279 號。

辭例 3～5 金文「圖」字，都應釋作「宜（疑紐歌部）」，方可通假讀作「義（疑紐歌部）」。

辭例 7 李學勤說是置用地名，李零謂乃類似族名之特殊標識字，陳平說宜乃祭名，林清源以爲「用逸宜」即「用逸用宜」，與彝名「用征用行」性質類似。逸，樂也。宜，儀也。秦子戈、矛之用，蓋秦子田獵巡狩同行公族所執之儀杖器也。〔註219〕雖然讀法眾多，但釋作「宜」是毫無疑問的。

雖然將甲骨文對照文獻的結果，「尊俎」、「動物+俎」的辭例必釋「俎」，「宜祭」必釋「宜」，即作「祭牲（名詞）」時釋讀作「俎」，作「祭祀動詞」時釋讀作「宜」。即「俎」、「宜」二字，在金文《集》09726～09727〈三年瘭壺〉（西周中期）之「𤰃（俎）」字出現前，皆指是同一種祭祀總名或是祭祀儀式。

## 四、本義及同形原因析論

俎，切肉、盛肉的案子，亦爲禮器，其用每與鼎、豆相連。〔註220〕

宜，容庚認爲金文「宜」字象置肉於且上之形，疑與「俎」爲一字。〔註221〕

贊成容庚「俎、宜」一字的還有孫海波、唐蘭、于省吾、王蘊智等，〔註222〕其中以王蘊智分析「俎」、「宜」同作「圖」形的說明最完整：

圖字是後世「宜」、「俎」的同源母體，圖字在演化過程中出現「借形變體」。而「俎」、「宜」二字分化當在西周中期之後，西周中期前的「俎」、「宜」是同形不分的。〔註223〕

---

〔註219〕引自王輝、程學華，《秦文字集證》，17 頁，臺北：藝文印書館，1999 年元月。

〔註220〕馬承源主編，《中國青銅器》（修訂本），154～155 頁，上海古籍出版社，2003 年 1 月。朱鳳瀚，《古代中國青銅器》「青銅俎」，184 頁，天津：南開大學出版社，1995 年。

〔註221〕容庚，《金文編》7 卷 25 頁下；甲詁 3279 號；金編 1206 號。

〔註222〕孫海波，《甲骨文編》，529 頁，1965 年。唐蘭，〈殷虛文字二記〉，《古文字研究》1，55～62 頁，1979 年 8 月。于省吾，〈論僞書每合於古義〉，《中國語文研究》第 5 期；甲詁 3279 號。王蘊智，〈「宜」、「俎」同源證説〉，《第三屆國際中國古文字學研討會論文集》，香港中文大學，1997 年 8 月。

〔註223〕王蘊智，〈「宜」、「俎」同源證説〉，《第三屆國際中國古文字學研討會論文集》，香港中文大學，1997 年 8 月。

上文的「西周中期」，指《集》09726～09727〈三年癲壺〉有分化出來的「𣪊（俎）」字，辭例爲「羔俎」和「麂俎」。

　　于豪亮、裘錫圭反對「𣪊字是後世宜、俎同源母體」，主要對照《集》09726～09727〈三年癲壺〉的「𣪊（俎）」字，和秦刻石、古璽、漢代封泥、《說文》古文都有的「𣪊（宜）」字後，認爲所有「𣪊」字都當釋作「宜」、而非「俎」。〔註224〕但筆者認爲，無論扶風莊白一號西周青銅器窖藏〈三年癲壺〉的「俎」字，或是秦刻石、古璽、漢代封泥、《說文》古文的「宜」字，皆晚期「俎」、「宜」二字已然分化的例證，並不會妨礙它們在甲骨文、和早期金文中，因爲字形同源、尚未分化所造成的同形。

　　而反對容庚「俎、宜一字」的另外一個說法，是王國維主張：「俎宜不能合爲一字，以聲絕不同也。」〔註225〕針對王國維的主張提出解釋者有唐蘭和季旭昇。〔註226〕也許「俎」、「宜」二字古音眞的相同，但筆者於本論文的一貫立場，針對眾說紛紜的聲韻問題都不額外處理，僅依現今彙整的古音規則推論，「俎（莊紐魚部）」、「宜（疑紐歌部）」二字的聲韻具遠，並不符合通假條件。

　　「俎」、「宜」二字，無論字形或音韻，其關係都相差甚遠的前提下，依照戴君仁、龍宇純、陳韻珊的見解，以「同形字」詮釋「俎」、「宜」二字的關係是最好的辦法。〔註227〕甲骨文、金文「俎」、「宜」二字，因爲字形同源、尚未分化所致的同形，直到《集》09726～09727 號〈三年癲壺〉才有分化的「𣪊（俎）」字，前此，「俎」、「宜」二字都是同形難辨。

　　楚簡「俎」、「宜」二字的字形和辭例：

---

〔註224〕于豪亮，〈說俎〉，《中國語文研究》第 2 期；裘錫圭〈推動古文字學發展的當務之急〉，《學術史與方法學的省思—中央研究院歷史語言研究所七十週年研討會論文集》，2000 年 12 月。

〔註225〕引自唐蘭，〈殷虛文字二記〉，《古文字研究》1，55～62 頁，1979 年 8 月。

〔註226〕唐蘭，〈殷虛文字二記〉，《古文字研究》1，55～62 頁，1979 年 8 月。季旭昇，《甲骨文字根研究》，453 號，臺灣師範大學國文所博士論文，1990 年。

〔註227〕戴君仁，〈同形異字〉，《臺灣大學文史哲學報》，12 卷，1963 年。龍宇純，〈廣同形異字〉，《臺灣大學文史哲學報》36 卷，1988 年 12 月。陳韻珊，〈釋𣪊〉，《臺大中國文學研究》，1987 年 1 期。

四皇<img_1>俎【望二 45】（縢編 1008）

屬性者，<img_2>宜（義）也；出性者，藝也……【郭 11.10～12】

從上述二例，可見楚簡「俎」、「宜」二字已上承金文分化，不會再同形。

以下筆者擬就「俎」字的文獻記載與實物圖錄，說明為何「圓」形可釋作「俎」。文獻記載，如《儀禮·少牢饋食禮》：「腸三、胃三、長皆及俎拒。」鄭玄注：「拒，當讀為介距之距。俎距，脛中當橫節也。」《禮記·明堂位》：「俎，有虞氏以梡，夏后氏以嶡，殷以椇，周以房俎。」鄭玄注：「房謂足下跗也，上下兩間，有似於堂房。」

「俎」的形制為：

  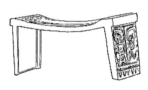

| 圖 A | 圖 B | 圖 C |
|---|---|---|
| 寬面俎 2：111（包山楚墓 2：111） | 立板俎（包山楚墓 2：157） | 青銅俎（《商周彝器通考》圖 406） |

《包山楚墓》與「俎」、「几」相關的實物出土後，袁國華即引用以解釋「俎」、「几」二物的形制，〔註228〕後來李家浩將楚墓出土實物（圖 A 和圖 B），結合傳世文獻，對「俎」的形制作了更加詳細的解釋：

> 俎的形制是足間有橫距，把俎足的空間分為上下兩層，象人居住的「堂」和「房」……楚墓出土的房、俎形制有一共同的特徵，就是在立板足的兩側各有一塊橫側板。這兩塊橫側板無疑是相當於鄭注所說的橫距。從正側面看，整個房、俎象一座干欄式建築，干欄式建築一般有兩層……這與鄭注所說的俎有「上下兩間」相合……換一句話說，房、俎足部分如果沒有橫側板之類的東西，就不能將其叫做房和俎。〔註229〕

為證明李家浩「足部橫側板的有無是區別房、俎與非房、俎的標誌」之不誤，筆者參考李家浩〈包山二六六號簡所記木器研究〉，對楚墓中「房」、「俎」、「几」等實物，作過一番整理成下表：

〔註228〕袁國華，〈戰國楚簡文字零釋〉，《中國文字》18，1992 年 4 月。

〔註229〕李家浩，〈包山二六六號簡所記木器研究〉，《國學研究》2，1994 年 7 月。

| 器物名 | 出土號 |
|---|---|
| 大房（帶立板組） | 包山 2：157；望山 B：128 |
| 小房（寬面組） | 包山 2：111 |
| 窄面組 | 包山 2：92、110、138、156、177 |
| 房几（立板足几） | 包山 2：182 |
| 憑几（拱形足几） | 包山 2：429 |

　　雖然袁國華認爲「一大房」、「一少房」，分別是實物中的「寬面組」及「窄面組」，「房組」只能是「帶立板組」；〔註 230〕和李家浩分析所指涉的實物說法不同；但是兩人所言之「房、組」，皆爲具有「足部橫側板」的器物；而「几」爲無「足部橫側板」的器物；故筆者懷疑現今出土沒有「足部橫側板」的「青銅組」（圖 C），〔註 231〕其實是「几」。

　　「俎」、「几」二字的區別也並非涇渭分明，如王國維也贊成「俎會加闌爲界」，但又說「秦漢之俎與几全同，故直名几爲俎。」〔註 232〕「俎」、「几」二字的關係密切，其文獻例證如《方言》：「俎，几也。」《廣雅・釋器》：「俎，几也。」《一切經音義》引《字書》：「俎，肉几也。」《山海經・海外西經》注：「俎，肉几也。」《史記・項羽本紀》索引：「俎，亦几之類」等。若將馬承源分類之「青銅組」也視爲「俎」，金祥恆解釋「圓」形中間二橫爲「盛流涪汁之紋」，〔註 233〕皆說明「圓」形除了「宜」之外，還可釋作「俎」。

## 五、相關字詞析論

### （一）甲骨文「圓羌」析論

　　「圖羌」的辭例，如《合》388「己未俎于義京羌三。卯十牛。中」，《合》32124「辛酉貞：酒俎羌，乙亥。」

---

〔註 230〕袁國華，〈包山楚簡遣策所見「房几」、「亥臑」等器物形制考〉，《第六屆中國文字學全國學術研討會論文集》，1995 年 9 月。

〔註 231〕馬承源主編，《中國青銅器》（修訂本）， 154～155 頁，上海古籍出版社，2003 年 1 月。朱鳳瀚，《古代中國青銅器》「青銅組」，184 頁，天津：南開大學出版社，1995 年。

〔註 232〕王國維，《觀堂集林・釋俎》，北京：中華書局，1959 年。

〔註 233〕金祥恆，〈釋俎〉，《中國文字》舊 41，1971 年 9 月。

　　金祥恆認為「俎羌」與「俎牢」、「俎宰」等義同聲異；〔註234〕姚孝遂解釋的更詳盡，其說為：

　　　　羌是甲骨刻辭中最為常見，數量最多的一種俘虜。卜辭用俎祭祀神
　　　　靈祖先，犧牲都是以牛羊，或者是用人。俎這種用牲的方法，應該
　　　　釋全牲，俎人時大多用的是羌。俎這種用牲方法是行之於比較隆重
　　　　的祀典。〔註235〕

王蘊智、張新俊也贊成將「▆羌」釋讀作「俎羌」。〔註236〕

　　案：既然當時「羌」的地位與「牛」、「羊」相當，皆為「祭牲」，對照之前「牛俎」、「羊俎」的釋法，「▆羌」也應釋讀作「俎羌」。

## （二）甲骨文「▆熹」析論

　　「▆熹」，出自《粹》232（《合》32536），完整辭例為「乙☒重☒熹☒一／乙酉卜，重祖乙熹用。／乙酉卜，重俎熹用。一／丙戌卜，重新豊用。一／重舊豊用。茲用。一／丁亥卜，▆其尊歲三牢，不。一／弜告。一」

　　郭沫若認為「▆熹」與「新豊」、「舊豊」同義。在此讀為「俎」，「俎」為肉肴，「熹」為黍稷，皆祭祀之物。〔註237〕王蘊智也贊成「俎饎」，指以設置俎肉為主要內容的一種祭祀活動。〔註238〕

　　案：其實郭沫若「俎熹」說的主因為「俎為肉肴」，可和指「黍稷」的「熹」字對照，「俎」確有「肴」義，其文獻例證如《儀禮・鄉飲酒禮》：「賓辭以俎」注：「俎者，肴之貴者。」《禮記・玉藻》：「特牲三俎」注：「三俎：豕、魚、腊」；「五俎四簋」注：「加羊及其腸胃也。」但是「宜」也有「肴」義，其文獻例證如《詩經・鄭風・女曰雞鳴》：「女曰雞鳴，與子宜之。」毛亨傳：「宜，肴也。」

〔註234〕金祥恆，〈釋俎〉，《中國文字》舊41，1971年9月。

〔註235〕姚孝遂，〈商代的俘虜〉，《古文字研究》1，1979年8月。

〔註236〕王蘊智，〈「宜」、「俎」同源證說〉，《第三屆國際中國古文字學研討會論文集》，香港中文大學，1997年8月。張新俊，〈甲骨文中所見俎祭〉，《殷都學刊》，1999年增刊。

〔註237〕陳韻珊，〈釋▆〉，《臺大中國文學研究》，1987年1期。

〔註238〕王蘊智，〈「宜」、「俎」同源證說〉，《第三屆國際中國古文字學研討會論文集》，香港中文大學，1997年8月。

《爾雅‧釋言》注：「宜，肴也。」邢昺疏引李巡曰：「飲酒之肴也。」《左傳‧閔公二年》：「梁餘子養曰：帥師者受命于廟，受脤于社。」《注》云：「宜社之肉，盛以脤器也。」《穀梁傳‧定公十四年》：「脤者何，俎實也，祭肉也，生曰脤，熟曰膰。」〔註239〕故將「𠤆熹」讀作「俎熹」、或是「宜熹」皆可通，待考。

## （三）金文作國名的「𠤆」字析論

金文當國名的「𠤆」字辭例，如《集》04320 宜侯夨簋（西周早期）作「𠤆」，辭例爲：「唯四月辰在丁未，王省𠤆王、成王伐商圖，征省東或圖，王立于𠤆，入社，南嚮。王令虞侯夨曰：䚄，侯于𠤆……賜在𠤆王人□又七生，賜奠七伯，厥盧□又五十夫，賜𠤆庶人六百又□六夫。𠤆侯夨揚王休，作虞公父丁尊彝。」

唐蘭讀作「俎侯夨簋」，因此銅器在江蘇省丹徒縣煙墩山出土，故唐蘭認爲俎的地望爲江蘇丹徒，俎國爲後來的吳國。〔註240〕

《銘文選》讀作「宜侯夨簋」，商末有宜子鼎，宜侯所封疑即此地，或以爲宜侯夨簋出土地點丹徒即宜侯封地，實無證，古宜有數處，確切地望待考。

案：「俎」、「宜」可同作「𠤆」形，故「𠤆」字除「宜」地外，還得將「俎」地納入考慮，但因唐蘭之說缺乏文獻直接佐證，且古代稱「宜」的地名很多，最有可能的是今湖北省宜昌市西北，清顧祖禹《讀史方輿紀要‧湖廣四，荊州府》：「夷陵州，春秋戰國時楚地，秦屬南郡。」但它和「𠤆侯夨簋」的出土地「江蘇省丹徒地」還有一段路程，故此問題仍待考。

## 第七節　「司」、「后」同形

司、后是兩個音義完全不同的字，司，《說文》：「司，臣司事於外者，從反后。」后，《說文》：「后，繼體君也，象人之形，從口，易曰：后以施令告四方。」但是甲骨文、金文「司」、「后」，會因爲字形同源而同形。

〔註239〕金祥恆，〈釋俎〉，《中國文字》41 冊，1971 年 9 月。

〔註240〕唐蘭，《西周青銅器銘文分代史徵》，153～159 頁，北京：中華書局。

## 一、同形字字形舉隅

### （一）甲骨文「司」、「后」同形字形

| 司 | 后 |
|---|---|
| ▨合 36855<br>▨合 5628 | ▨合 21804<br>▨合 21805<br>▨合 27582<br>▨合 27607 |

### （二）金文「司」、「后」同形字形

| 司 | 后 |
|---|---|
| ▨集 04242 叔向父禹簋<br>▨集 02609 廿七年大梁司寇鼎 | ▨集 05538 后嬇尊<br>▨集 01707 后母辛方鼎 |

## 二、同形字辭例舉隅

### （一）甲骨文、金文「司」字辭例

1. 癸未卜：在上龜，貞王旬亡囚，王卄司（祀）。【合 36855⑤】
2. 丁酉卜，兄，貞：其品司（祀）在茲。／貞其品司（祀）于王出。【合 23713②】
3. 戊申卜，貞：其品司（祀）于王出。【合 23712②】
4. 壬辰卜，□，貞：叀彔令司工。【合 5628 正①】
5. 甲戌卜：自，司犬。一【合 20367①】
6. 余小子司（嗣）朕皇考【04242 叔向父禹簋，西周晚期】
7. 余唯司（嗣）朕先姑君晉邦【02826 晉姜鼎，春秋早期】
8. 旻天疾威，司余小子弗伋，邦將曷吉？【02841 毛公鼎，西周晚期】
9. 司馬【09734 姧蚉壺，戰國早期】
10. 司馬【11236 郾王職戈，戰國晚期】
11. 司寇【02609 廿七年大梁司寇鼎，戰國晚期】

### （二）甲骨文、金文「后」字辭例

1. 后母【合 27607③】
2. 后母大室【合 30370③】

3. ☑辛亥卜，興<u>后戊</u>。一二三／辛亥卜，興<u>祖庚</u>。一二三／辛亥卜，興<u>祖庚</u>。／辛亥卜，興<u>后戊</u>。☑【合 22044①】

4. 戊辰卜，■，貞：酒■豕至<u>豕龍母</u>。一二／戊辰卜，■，貞：酒小牢至<u>豕后癸</u>。二【合 21804①】

5. 庚子，子卜，叀小宰，禦<u>龍母</u>。二／庚子，子卜，叀小宰，<u>尻后</u>。一【合 21805①】

6. 貞：佳<u>龔后</u>巷婦好。／□不佳<u>龔后</u>巷婦好。【合 795 反①】

7. ：屮于<u>龔后</u>。一【合 14814①】

8. 乙丑卜：其又歲于<u>二后</u>一牝。【合 27582③】

9. <u>后母戊</u>【01706 后母戊方鼎，殷商】

10. <u>后母辛</u>【01707～01708 后母辛方鼎，09280～09281 后母辛觥，10345 后母辛方形器，殷商】

11. <u>后母</u>【00825 后龏母甗，08743～08751 后龏母爵，09510～09511 后龏母方壺，09222～09223 后龏母罍，10346 后龏母器蓋，殷商】

12. <u>后龏癸</u>【05680～05681 后龏癸方尊，殷商】

13. <u>后龏</u>【05538～05539 后龏尊，06880～06889 后龏觚，殷商】

14. <u>后母呂康</u>【01906 后母呂康方鼎，西周早期】

15. <u>夏后</u>【00276 叔尸鐘（齊靈公），春秋晚期】

16. <u>夏后</u>【00285 叔尸鎛（齊靈公），春秋晚期】

## 三、同形字辭例說明

### （一）甲骨文、金文「司」字辭例說明

甲骨文辭例 1 依照羅振玉的說法：「商稱年曰祀，亦曰祠。」〔註241〕

甲骨文辭例 2～3「品」字，依照于省吾所引《禮記‧郊特牲》：「籩豆之實，木土之品也，不敢用褻味而貴多品，所以交于神明之義也。」和《周禮‧內饔》：「辨百品味之物。」注：「百品味，庶羞之屬。」可知「品」為籩豆之祭。〔註242〕「品司」說法有二，趙誠認為是「祭名疊用」，可作「品祀」。〔註243〕張玉金則

---

〔註241〕羅振玉，《殷墟書契考釋》下，53 頁下，1927 年；甲詁 2254 號。

〔註242〕于省吾，《雙劍誃殷契駢枝》，1940 年；甲詁 2254 號。

〔註243〕趙誠，《甲骨文簡明辭典——卜辭分類讀本》，246 頁，北京：中華書局，1988 年 1

將「司」作「神名」，卜問王出去時，「品」祭「司」好不好。〔註244〕

甲骨文辭例 4～5《三禮辭典》說：「主治其事者曰司，八職之一」。《詩・鄭風・羔裘》：「彼其之子，邦之司直。」毛傳：「司，主也。」《左傳・僖公廿一年》：「實司太皞與有濟之祀。」杜預注：「司，主也。」《周禮・天官・宰夫》：「辨其八職……三曰司，掌官法以治目。」言司掌官法，而分治其中之一項。如司會、司書、司裘等。〔註245〕

金文辭例6～7「司」讀「嗣」，「繼承」義，《書・高宗肜日》：「王司敬民，罔非天胤。」《史記・殷本紀》作「王嗣敬民」。俞樾平議：「嗣與司古通用。」

金文辭例8《銘文選》解釋：「我之嗣位若弗急於圖治，則邦國之事將如何能好轉？」

金文辭例9～11 指職官名或姓氏。

甲骨文「司」字用法主要爲「年」、「祭祀」或「管理」義。而金文「司」字用法主要爲「司（嗣）」，繼承義，或是「職官名」和「姓氏」。

## （二）甲骨文、金文「后」字辭例析論

筆者參考金祥恆、丁驌、唐蘭、李學勤、朱鳳瀚等，將「司」形釋「后」的說法後，〔註246〕贊成將甲骨文、金文若干辭例的「司」形字釋作「后」。甲骨文方面有「后母」、「后＋天干（廟號）」、「國名＋后」及「二后」。金文方面主要是 1976 年安陽殷墟五號墓出土的一批銅器，其銘文有「后母辛」、「后㚸母」、「后㚸癸」、「后㚸」，皆可和「后母」、「后＋天干（廟號）」等辭例相對照。

金祥恆首先將辭例 9《集》01706 后母戊方鼎（1939 年河南安陽武官村出

---

月初版。

〔註244〕張玉金，《甲骨甲骨文語法研究》，128 頁，廣州：廣東高等教育出版社，2002 年 6 月。

〔註245〕錢玄，《三禮辭典》，260 頁，南京：江蘇古籍出版社，1998 年 3 月。

〔註246〕金祥恆，〈釋后〉《中國文字》3，1960 年。丁驌，〈說后〉，《中國文字》1969 年。金祥恆，〈后母戊大方鼎之后母戊爲武丁后考〉，《金祥恆先生全集》，臺北：藝文印書館，1990 年。唐蘭，〈安陽殷墟五號墓座談紀要〉，《考古》，1977 年 5 期。李學勤，〈論婦好墓的年代及有關問題〉，《文物》，1977 年 11 期。朱鳳瀚，〈論甲骨文與商金文中的后〉，《古文字研究》19，1992 年 8 月。

土，殷商銘文），釋讀作「后母戊」；然後依照 1976 年安陽殷墟婦好墓出土的「石牛（明器）」，下頷刻有「后辛」二字，推測「后辛」即甲骨文中武丁之配「妣辛」（墓主人「婦好」），再從小屯南地出土 4023 片「王其又妣戊妍」，得知「婦妍」即「后母戊」。〔註247〕甲骨文五種祭祀卜辭，記載武丁之配偶有「妣戊」、「妣癸」和「妣辛」三人，參照金祥恆的推測，可以對上述金文「后」字辭例作一番解釋，辭例 10 的「后母辛」是「婦好（武丁妻妣辛）」；辭例 9 的「后母戊」是「婦妍（武丁妻妣戊）」；辭例 11「后羍母」、12「后羍癸」、13「后羍」為同一人，即「武丁」的第三個妻子「妣癸」。

辭例 14《集》01906 司母呂康方鼎（西周早期），劉啓益依照形制將此器斷代在「武王滅紂以前」，釋讀作「后母姒」，為文王妃「大姒」，《史記・管蔡列傳》：「武王同母兄弟十人，母曰太姒，文王正妃也。」〔註248〕

筆者將甲骨文辭例 3「興祭」對象「后戊」、「祖庚」相對照，辭例 4「酒祭」對象「豕龍母」、「豕后癸」相對照，辭例 5「禦祭」對象「龍母」、「尻后」相對照，發現將「司」形字釋讀作「后」，當「祭祀對象」解最好。辭例 6「壱」為動詞，「羍后」為主詞，「婦好」是受詞，「羍司」得釋讀作「羍后」，方可與「婦好」對等，「羍后」之「羍」為「國名」，其地望可能為今「河南省衛輝縣」。〔註249〕

甲骨文辭例 8「二后」，可與《毛詩・周頌・清廟之什・昊天有成命》：「昊天有成命，二后受之。成王不敢康，夙夜基命宥密。於緝熙，單厥心，肆其靖之」相對照。〔註250〕雖然甲骨文「二后」所指並非《毛詩》中的文王與武王，但至少證明「二后」詞組的存在。

金文辭例 15～16「夏后」，《集》00285 的辭例為「尸用或敢再拜諳首，膺受君公之賜光，余弗敢廢乃命，尸典其先舊及其高祖，虩虩成唐（湯），又敢在帝所，尃受天命，刜伐夏后……」從「湯」伐「夏桀」的史實可知「夏后」為「夏桀」，可和《毛詩・大雅・蕩之什・蕩》：「文王曰：咨！咨女殷商。人亦有

〔註247〕金祥恆，〈后母戊大方鼎之后母戊為武丁后考〉，《金祥恆先生全集》，臺北：藝文印書館，1990 年。

〔註248〕劉啓益，〈西周金文中所見周王后妃〉，《考古與文物》，1980 年 4 期。

〔註249〕金祥恆，〈釋后〉《中國文字》3，1960 年。

〔註250〕《十三經注疏・詩經》，79 頁，臺北：藝文出版社，1955 年。

言：顛沛之揭，枝葉未有害，本實先撥。殷鑒不遠，在<u>夏后</u>之世！」相對照。〔註251〕

以「后母」辭例為例，若不釋作「后母」，張亞初提出一說，他將「后」字釋「司」讀「妃」，訓為「匹配」、「佳偶」，作為「婦女的稱謂」，和「母某」、「妣某」一樣。〔註252〕拙意認為「司（心紐之部）」、「妃（滂紐微部）」二字聲韻俱遠，不可通假，但張亞初「妃」義訓解，卻增加金文「司」形釋讀作「后」的可能性，因為「后」、「妃」意義相近，都指一種身分。且王蘊智說：

> 山東益都蘇埠屯出土的亞醜銅器群，器主人係東方某侯伯之配偶。其中「者姤」一稱在同辭之觥蓋、甗器等銘文裡作「者女（母）」，可知「者姤」誼同「者母」。商代甲金文中還有「龍母」、「龏母」之稱者，其誼亦當同「龏后」……殷墟婦好墓出土器銘的「姤辛」、「后辛」及「后龏」、「后龏癸」諸稱，很可能是指祖庚時期所祭之「母辛」、「母癸」二后。〔註253〕

可見「后」還和「母」義相近；再套用朱鳳翰所說「從文字學角度言之，如果根據同時代的文字資料，此字不採用聲訓即可講通，似不必棄其本字而紆曲以聲訓釋。」〔註254〕故筆者主張將意義與「妃」、「母」等「身分」相關的甲骨文、金文辭例，直接釋讀作「后」。

以字形而言，「司」、「后」二字僅「左右相反」，同樣是甲骨文「龏后」，《合》795 同版有「司」、「后」兩種寫法；同樣是甲骨文「豭后」，《合》19209 作「豭司（后）」，《合》19210 作「豭后」，也可作為「司」形讀「后」的字形佐證。

## 四、「司」、「后」同形說析論

「司」、「后」二字的關係，唐蘭首先提出「司后兩字古本同形」，〔註255〕容庚接著說「司與后為一字」，〔註256〕而反對「司、后」同形說的主因有二，

---

〔註251〕《十三經注疏・詩經》，73 頁，臺北：藝文出版社，1955 年。

〔註252〕張亞初，〈對婦好之好與稱謂之司的剖析〉，《考古》1985 年 12 期。

〔註253〕王蘊智，《殷周古文同源分化現象探索》，80 頁，長春：吉林人民出版社，1996 年。

〔註254〕朱鳳翰，〈論甲骨文與商金文中的后〉，《古文字研究》19，1992 年 8 月。

〔註255〕唐蘭，〈安陽殷墟五號墓座談紀要〉《考古》，1977 年 5 期。

〔註256〕《金文編》1498 號，北京：中華書局，1985 年 7 月。

一是甲骨文用「毓（𠂤）」字表示「后」，與「司」形無關。二是古文獻「后」義多指「男性君王」，少有「帝后」義。

其一、王國維認為甲骨文用「毓（𠂤）」字表示「后」，「后」字乃「毓」字訛變，「毓」、「后」、「後」三字實本一字。〔註257〕于省吾也將《甲骨文錄》307（《合》23165）「𠂤毓祖乙」解釋為「小乙」、「后祖乙」；〔註258〕張亞初更直言在商代甲骨文和西周銘文中，君后之「后」很常見，都以「毓」為之。〔註259〕

但裘錫圭卻持不同意見，他認為王國維所說「后」的字形，是從甲骨文「毓」字從「人」的寫法訛變而成，並不可信。「毓」的古音跟「后」、「後」也不相近，且將此類「毓」字改讀為「戚」。〔註260〕

其二、古文獻「后」義多指「男性君王」，各家蒐集文獻多出自《尚書》，如《尚書・盤庚》「古我前后」、「女曷不念我古后之聞」、「予念我先神后之勞爾先」、「高后丕乃崇降罪疾」、「先后丕降與汝罪疾」、「乃祖先父丕乃告我高后曰」，《尚書・呂刑》「三后成功」，《尚書・堯典》「群后四朝」，《尚書・湯誓》「我后不恤我眾」，和《尚書・泰誓》「元后作民父母」等。

還有其他文獻，如《詩・商頌》「商之先后」，《詩・下武》「三后在天」，《禮記・曲禮》「天子有后」。而《白虎通》曰「商以前皆曰妃，周始立后」，和顧炎武《日知錄・后》一節言「詩書所云后皆君也」，〔註261〕「后」字絕大多數作為男性君主的尊稱，自春秋始才有王后之稱。

案：首先，甲骨文「毓（𠂤）」字寫「后」，與「司」形並無干係。甲骨文《合》

<hr />

〔註257〕王國維，《觀堂集林・殷甲骨文中所見先公先王續考》；引自裘錫圭，〈論殷墟甲骨文「多毓」之「毓」〉《中國商文化國際學術討論會論文集》，北京：中國大百科全書出版社，1998 年。

〔註258〕于省吾，〈釋㦰〉，《甲骨文字釋林》，184 頁，北京：中華書局，1979 年 6 月。

〔註259〕張亞初，〈對婦好之好與稱謂之司的剖析〉，《考古》，1985 年 12 期。

〔註260〕裘錫圭，〈論殷墟甲骨文「多毓」之「毓」〉，《中國商文化國際學術討論會論文集》，北京：中國大百科全書出版社，1998 年。

〔註261〕王國維，《殷甲骨文中所見先公先王續考》；引自裘錫圭，〈論殷墟甲骨文「多毓」之「毓」〉，《中國商文化國際學術討論會論文集》，北京：中國大百科全書出版社，1998 年。陳夢家，《卜辭綜述》，495 頁，1956 年 7 月。金祥恆，〈釋后〉，《中國文字》第 3 卷第 9 冊，1960 年。朱鳳瀚，〈論甲骨文與商金文中的后〉，《古文字研究》19，1992 年 8 月。

23143、32631、《屯》1014 的「毓祖乙」，《合》27321、《屯》2359 的「毓祖丁」，《合》27456 的「毓妣辛」等，「毓」字都作類似「🔲」形；金文《集》05396 毓且丁卣（殷商）的「毓」字也作「🔲」形，辭例爲「毓祖丁」。陳夢家很早即認爲此「毓（🔲）」字是「廟號區別字」。〔註262〕王蘊智說：「作爲先王（含先妣）親稱的『毓』，西周以後漸少使用，後世表先公先王輒用『后』字。」〔註263〕也許就辭例而言，「毓」、「后」二字有繼承關係，但誠如裘先生所言，此二者字形相差甚遠，毫無演變的痕跡殘存，確應分開處理，且無論「毓」字讀「后」或「戚」，都不會和「司（后）」字發生衝突，因爲朱鳳瀚認爲「毓與后在當時是有嚴格區別的，已故先王、先妣皆可稱毓，但后卻是王配的專稱」，再舉西周中期班簋「毓文王」爲例，其釋法學者意見不一，若作「文王」訓解，則西周中期「男性先王」仍稱「毓」。〔註264〕

其次，古文獻「后」義多指「男性君王」，少有「帝后」義。「后」字雖然於古文獻中多指「男性君主」，但也有少數指「皇王帝后」之例，如《曲禮》：「天子有后，有夫人，有世婦……」，《白虎通‧嫁娶篇》：「天子之妃曰后」，〔註265〕李學勤引《左傳》哀公元年夏帝相之妃稱「后緡」，清代顧炎武、王筠等認爲王妃偶稱后始於周朝是不對的。〔註266〕且無論「司（后）」作「男性君主」或是「女性帝后」解，都不影響它作爲一種「身分詞」，釋讀作「后」。

在甲骨文中「司」、「后」同形，不管用作「司」義或是「后」義，字形都可做「🔲」形或「🔲」形，如《合》23713「品司」之「司」作「🔲」；《合》20367「司犬」之「司」作「🔲」，《合》795 號反中的「𤔲后」有「🔲」、「🔲」兩形同存一版，可作爲「司」、「后」因爲同源、尚未分化而同形的佐證。

金文「后」字，直到《集》10298～10299〈吳王光鑑〉（春秋晚期）「虔敬乃🔲」，于省吾認爲此「后」字，爲吳王光女叔姬所嫁之蔡國國君昭侯。《書‧堯典》：「肆覲東后」，孔傳：「遂見東方之國君」。〔註267〕「后」字才從「司」

〔註262〕陳夢家，《殷墟卜辭綜述‧廟號上》，439頁，北京：中華書局，1988年重印。
〔註263〕王蘊智，《殷周古文同源分化現象探索》，71頁，長春：吉林人民出版社，1996年。
〔註264〕朱鳳瀚，〈論甲骨文與商金文中的后〉，《古文字研究》19，1992年8月。
〔註265〕朱鳳瀚，〈論甲骨文與商金文中的后〉，《古文字研究》19，1992年8月。
〔註266〕李學勤，〈論婦好墓的年代及有關問題〉，《文物》，1977年11月。
〔註267〕于省吾，〈壽縣蔡侯墓銅器銘文考釋〉，《古文字研究》1，1979年8月。

形分化，〔註268〕從此「后」字再不會和「司」字同形。

## 五、相關字詞考釋

### （一）庚姬卣/尊「帝司」析論

　　《集》05404 庚姬卣和《集》05997 庚姬尊，皆是陝西扶風出土著名的微史家族窖藏，從器形及紋飾觀察，此組器物的年代應在商末周初之際，完整辭例為「唯五月辰在丁亥，帝司賞庚姬貝卅朋，迮茲廿孚商。用作文辟日丁寶尊彝，龚。」其中「司」字，主要有「司」、「后」二說。

1. 唐蘭、尹盛平、馬承源、白川靜等的「帝司」說。唐蘭、尹盛平將「司」讀作「嗣」，但彼此對「帝嗣」所指對象也有不同見解，唐蘭認為是「夏祝」，尹盛平認為是「成王」。馬承源、白川靜則將「司」當「祭祀義」解，馬承源認為「帝司」即「禘祀」，白川靜認為「帝司」即「帝祠（上帝之祭祀）」。

2. 伍世謙、黃盛璋、杜正勝、李學勤等的「帝后」說。但彼此對「帝后」所指對象卻有不同見解，杜正勝認為是「殷王」，黃盛璋認為是「殷王帝辛后」。〔註269〕

　　案：以上參照黃銘崇的整理，其文章重點並非「帝司」，所以沒有專門討論，但從行文中可知他是贊成「帝后」說，指「殷王后」。筆者先補充另外兩家說法，張亞初認為「帝司」即「帝妃」，《禮記·曲禮下》：「措之廟立之主曰帝」，帝指已故先王。帝妃即先王之妻，時王之母，即後世所講的皇太后。〔註270〕朱鳳瀚釋作「帝后」，帝指已故周王，后係其配。〔註271〕

　　從辭例「帝司賞庚姬貝卅朋」，「帝司」賞賜給「庚姬」三十朋貝，所以「帝司」的訓解只能朝「身分詞」的方向推測。故上述各家說法，如唐蘭、尹盛平的「帝嗣」說；張亞初的「帝妃」說；伍世謙、黃盛璋、杜正勝、李學勤、朱鳳瀚等的「帝后」說都合理，既然「帝司」代表一種「身分」，依照本節一貫立

---

〔註268〕于省吾，〈壽縣蔡侯墓銅器銘文考釋〉，《古文字研究》1，1979 年 8 月。

〔註269〕黃銘崇，〈論殷周金文中以「辟」為丈夫奻稱的用法〉，《史語所集刊》，72：2，2001年。

〔註270〕張亞初，〈對婦好之好與稱謂之司的剖析〉，《考古》1985 年 12 期。

〔註271〕朱鳳瀚，〈論甲骨文與商金文中的后〉，《古文字研究》19，1992 年 8 月。

場，都該直接釋爲「后」字。

至於此「后」指「男性君王」或是「女性帝后」，皆有文獻佐證。依照金文慣例，殷商婦好墓出土，《集》01706 后母戊方鼎「后母戊」，指「婦姘（武丁妻妌戊）」。《集》01707～01708 后母辛方鼎，《集》09280～09281 后母辛觥，《集》10345 司母辛方形器「后母辛」，指「婦好（武丁妻妌辛）」。《集》08743～08751 后龏母爵，《集》09510～09511 司龏母方壺「后龏母」，指「武丁」的第三個妻子「妌癸」。而殷商或西周早期，1975 年陝西扶風縣白龍村墓葬出土，《集》01906 的司母呂康方鼎「后母」，劉啟益依照形制將此器斷代在「武王滅紂以前」，指文王妃「大姒」。〔註272〕

既然與《集》05404 庚姬卣和《集》05997 庚姬尊時代相當的金文「后」字都指「女性帝后」，故筆者決定採用伍世謙、黃盛璋、杜正勝、李學勤、朱鳳翰等的說法，將「帝司」釋作「帝后」，意義泛指「周王配偶」。

## （二）史牆盤「司夏」析論

《集》10175 史牆盤（西周中期），辭例「亞獄趌謨，昊照亡斁，上帝司夏元保受天子綰令：厚福豐年，方蠻亡不觐見」的「司」字，有「司」、「后」二說。

1. 釋「司」說。①李學勤將「上帝司夒」的「司」讀作「思」，《釋名·釋言語》：「思，司也。」思是語中助詞，無義，見《詞詮》卷六。〔註273〕②唐蘭讀「司」爲「嗣」，譯爲「上帝的後代夏和神巫名保的授予天子以美好的命令」。〔註274〕（陳士輝認爲「上帝司夏」就是「上帝神威管制著中國的意思」。〔註275〕

2. 釋「后」說。裘錫圭讀爲「后稷」，古文字正反往往無別。〔註276〕

案：楚簡「后稷」之例，可參《上博一·孔》簡24「后稷之見貴也，則以文武之惠也」，〔註277〕《上博二·子》簡12～13「后稷之母」。

---

〔註272〕劉啟益，〈西周金文中所見周王后妃〉，《考古與文物》，1980 年 4 期。

〔註273〕李學勤，〈論史牆盤及其意義〉，《考古學報》，1978 年 2 期。

〔註274〕唐蘭，〈略論西周微史家族窖藏銅器群的重要意義〉，《文物》，1978 年 3 期。

〔註275〕陳士輝，〈牆盤銘文解說〉《考古》，1980 年 5 期。

〔註276〕裘錫圭，〈史牆盤銘解釋〉《文物》，1978 年 3 期。

〔註277〕馬承源主編，《上海博物館藏戰國楚竹書一》，153 頁，上海古籍出版社，2001 年

「后稷」在古文獻中出現的頻率不低，如《尚書・虞書・舜典》：

> 禹拜稽首，讓于稷、契暨皋陶。帝曰：「俞，汝往哉！」帝曰：「棄！
> 黎民阻飢。汝后稷，播時百穀。」〔註278〕

《詩・大雅・生民》毛傳解釋「后稷」說：「生民本后稷也，姜姓也。后稷之母配高辛氏帝焉。」《史記・周本紀》說「周后稷，名棄。其母有邰氏之女，曰姜原」等，〔註279〕皆可增加金文〈史牆盤〉讀「后稷」的可能性，但是「稷」字從不作「■」形，所以就有討論的必要。

〈史牆盤〉「■」字除「稷」之外，還有「夏」、「夒」二說。金文「夏」字的寫法，可參考《金文編》898號：

　　■ 秦公簋　　■ 邨伯罍　　■ 邨伯罍　　■ 伯夏父鼎　　■ 伯夏父鬲

　　■ 仲夏父鬲　　■ 鄂君啓舟節　　■ 鄂君啓車節

茲舉與〈史牆盤〉「■」字最相像，《集》04315秦公簋（春秋早期）的「夏（■）」字為證，辭例為：

> 秦公曰：丕顯朕皇祖受天命，鼏宅禹蹟，十又二公，在帝之坏，嚴
> 恭夤天命，保業厥秦，虩事蠻■夏，余雖小子，穆穆帥秉明德，剌
> 剌趩趩，萬民是敕。

「夒」字小篆作「夒」，金文可能的「夒」字出自《集》10285儺匜（西周晚期），辭例為：

> 汝，鞭汝五百，罰汝三百寽。伯揚父迺或使牧牛誓曰：自今余敢■夒
> （擾）乃小大事，乃師或以汝告，則到乃鞭千……

單純就字形，〈史牆盤〉的「■」字為「夏」、「夒」的可能都大於「稷」，故〈史牆盤〉「上帝■■亢保受天子綰令」的解釋，仍待考證。

（三）《上博二・昔君者老》簡4「爾■」析論

《上博二・昔君者老》簡4「爾■，各恭爾事」的「■」字，陳偉、季旭

---

11 月。

〔註278〕《十三經注疏・尚書》，2 頁，臺北：藝文出版社，1955 年。

〔註279〕馬承源主編，《上海博物館藏戰國楚竹書二》，197～198 頁，上海古籍出版社，2002年 12 月。

昇都釋作「司」字；〔註280〕但陳偉武有不同看法，其說爲：

> 司字作，觀其字形筆勢，疑爲「句（后）」之寫訛。而「司」字
> 作（曾侯乙簡 169、郭店簡〈窮達以時〉8）、「」（又〈語叢四〉
> 1）等形；「句」字作「」（郭店簡〈緇衣〉23）、（上博簡〈性
> 情〉31）。二字偶亦相近，故易訛混。諸子書用「后」指君主，如《墨
> 子・尚同中》：「夫建國設都，乃作后王君公。」「后王君公」複語同
> 義；《莊子・讓王》：「北人無擇曰：異哉！后之爲人也。」「后」指
> 舜。一般多見於追敘上古帝王故事，或引述上古文獻，或見於「夏
> 后氏」、「后益」、「后稷」等古詞語中。……簡文是老國君告誡眾大
> 臣要忠於新君之遺囑，若依原釋讀，「爾司」與「爾事」語涉複重，
> 似未合理。吳光鑑云：「虔敬乃后。」〈昔者君老〉4 號簡「后」字
> 用法及句型正與此類似。〔註281〕

案：《上博二・昔君者老》簡 4「爾」，究竟應該釋「司」或「后」，筆者
擬從楚簡「司」、「后」字形開始分析。楚簡各有已經分化的「司」字和「后」
字，其字形和辭例分別如下表所示：

| 字　例 | 字　形 | 辭　　　例 |
|---|---|---|
| 司 | | 司敗【包山 15】 |
| | | 司憲【包山 62】 |
| | | 司城【包山 155】 |
| | | 司命【包山 215】（滕編 717） |
| | | 孫叔三躬郍思少司馬，出而爲令尹，遇楚莊也。【郭 5.8】 |
| 后 | | 禹治水，益治火，后稷治土，足民養□□□【郭 7.10】 |
| | | 必正其身，然后（後）正世，聖道備嘻。【郭 7.2～3】 |

楚簡各有已經分化的「司」字和「后」字，彼此壁壘分明，不會同形，故
《上博二・昔君者老》簡 4「」字，比較可能作「司」字考量。

---

〔註280〕陳偉，〈《上海博物館藏戰國楚竹書二》零釋〉，簡帛研究網，2003 年 3 月 17 日。
季旭昇，〈《上博二・昔者君老》簡文探究及其與《尚書・顧命》的相關問題〉，《中
國文哲研究集刊》，24 期，2004 年 3 月。

〔註281〕陳偉武，〈戰國竹簡與傳世子書字詞合證〉，《第四屆國際中國古文字學研討會論文
集》，香港中文大學，2003 年 10 月。

　　但楚簡「司」字，有另外一種雙聲詞「䛅」字的寫法作「」；而楚簡「后」字常從「句」字假借作「」，兩者字形非常相像，似乎有同形的可能。所謂「雙聲詞」，簡言之即「古文字裡常見由同音或音近的兩個字合成的字，如：嚢、䛅等。」〔註282〕楚簡「䛅」字爲雙聲詞，因「古文司聲，呂聲（矣從呂聲），相近可互通。」〔註283〕所以此字可能是「在司字上加注聲符台，也可能是在台字上加注聲符司。」〔註284〕即楚簡「」形，可隸定作「䛅」，兼有「司」、「台」二音義，其相關辭例如下：

| 字　例 | 字　形 | 辭　例 |
|---|---|---|
| 䛅 | 從司 | 道不悦之䛅（詞）也。【郭 9.29～30】 |
| | 從台 | 1. 【君】子之爲善也，有與䛅（始），有與終也。【郭 6.18】<br>2. 道䛅（始）於情，情生於性。䛅（始）者近情，終者近義。【郭 11.2～3】<br>3. 詩、書、禮、樂，其䛅（始）出皆生於人。【郭 11.15～16】<br>4. 是故先王之教民也，䛅（始）於孝弟。【郭 12.39～40】 |

　　楚簡「」形爲「句（見紐侯部）」字，但常假借爲「后（匣紐侯部）」義，其相關辭例如下：

| 字　例 | 字　形 | 辭　例 |
|---|---|---|
| 句（后） | 上博一孔 24 | 1. 句（后）稷之見貴也，則以文武之悳也。【上博一孔 24】 |
| | | 2. 句（后）稷之母【上博二子 12～13】 |
| | | 3. 毋以嬖御塞莊句（后）【郭 3.22～23】 |
| | | 4. 句（后）土【天星 3701】（滕編 179） |
| | | 5. 昊天又成命，二句（后）受之，貴且顯矣。【上博一孔 6】 |

　　辭例 3「莊后」《郭》3.22～23 作「」，《上博一・紂衣》簡 12 直接作后形，可證「」爲「后」。

　　楚簡「」、「」的寫法，區別僅在字形「」之上下橫筆，尤其是「司」字必有上面那一橫筆，而「后」字必無上面那一橫筆，可說十分相像，具備因「形近訛誤」而「同形」的條件。再加上古文獻有「爾后」辭例，如《尚書・

---

〔註282〕裘錫圭、李家浩，《曾侯乙墓・曾侯乙墓竹簡釋文與考釋》注 2，北京：文物出版社，1989 年。

〔註283〕孫詒讓，《古籀餘論》，卷 3，第 16 頁，1929 年；金詁 1084 號。

〔註284〕朱德熙，〈戰國時代的「枓」和秦漢時代的「半」〉，《文史》8，1980 年。

周書・君陳》：

> 爾其戒哉！爾惟風，下民惟草。圖厥政，莫或不艱，有廢有興，出入自爾師虞，庶言同則繹。爾有嘉謀嘉猷，則入告爾后于內，爾乃順之于外。曰：『斯謀斯猷，惟我后之德。』嗚呼！臣人咸若時，惟良顯哉！〔註285〕

但卻不見「爾司」用法，此或可增加釋讀作「爾后」的可能。所以陳偉武釋《上博二・昔君者老》簡4：「爾，各恭爾事」之「」形爲「后」、訓爲「君」的說法，頗具參考價值，如此則楚簡仍尚存「司」、「后」同作「」形的例證。

戰國時期「后」字用例，金文「后」字多與「王」字一起出現，如《集》00936王后中官錡甗「王后中官五升少半升」、《集》02360王后左相室鼎「王后左相室」、《集》02393鑄客爲王句七廎鼎「鑄客爲王后七府爲之」、《集》04506鑄客簠「鑄客爲王后六室爲之」、《集》04675鑄客豆「鑄客爲王后六室爲之」、《集》10002鑄客缶「鑄客爲王后六室爲之」，如以意義不重覆的角度詮釋「王后」一詞，「后」較可能爲「君王配偶」。但《上博一・孔子詩論》簡6「昊天又成命，二句（后）受之，貴且顯矣。」可與《毛詩・周頌・清廟之什・昊天有成命》：「昊天有成命，二后受之。成王不敢康，夙夜基命宥密。於緝熙，單厥心，肆其靖之」〔註286〕相對照，指周文王和武王。

在字形、文義皆可訓解的前提下，筆者目前認爲《上博二・昔君者老》簡4：「爾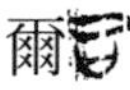，各恭爾事」的「」字，仍應將「司」、「后」二義並存，待考。

---

〔註285〕《十三經注疏・尚書》，35頁，臺北：藝文印書館，1955年。

〔註286〕《十三經注疏・詩經》，79頁，臺北：藝文出版社，1955年。

# 第三章 始見於兩周金文之同形字組

## 第一節 「衣」、「卒」同形

衣，《說文》：「𧘇，依也。上曰衣、下曰常。象覆二人之形。」卒，《說文》：「𧘇，人給事者爲卒，古㠯染衣題識，故从衣一。」雖有人認爲二字意義相近，但從「古音」考量，「衣（影紐微部）」、「卒（精紐物部）」，韻部或許相近，聲部卻相差甚遠。且「衣此者即謂之卒」是見仁見智，因爲「衣此者」不見得必爲「卒」。在音、義雙層條件的考慮後，或許將「衣」、「卒」視爲一組「同形字」更恰當。

因甲骨文「衣」形字的釋讀仍待考，所以本節擬從金文、楚簡的「衣」、「卒」同形說起；金文「衣」、「卒」二字同作「𠂇」形，楚簡「衣」、「卒」二字同作「𠂇」形，兩者的同形原因並不相同。

### 一、同形字字形舉隅

（一）金文「衣」、「卒」同形字形

| 衣 | 卒 |
|---|---|
| 𠳼集02789𢁘方鼎 | 𠳼集 04322𢁘簋<br>𠳼集02835 多友鼎 |

（二）楚簡「衣」、「卒」同形字形

| 衣 | 卒 |
|---|---|
| 郭 15.44～45<br>郭 3.15～17<br>郭 5.2～4 | 郭 7.17～19<br>上博二從甲 7 |

## 二、同形字辭例舉隅

### （一）金文「衣」字辭例

1. 王俎姜使內史友員賜致玄衣、朱襮袞。【02789致方鼎，西周中期】

2. 令此曰：旅邑人、膳夫，賜汝玄衣黹純、赤市朱黃、䜌旂。【02822 此鼎，西周晚期】

### （二）楚簡「衣」字辭例

1. 子曰：長民者衣服不改，從容有常，則民德一。【郭 3.15～17】

2. 咎（皋）繇（陶）衣胎（枲）蓋（褐）帽絰蒙巾，釋板築而佐天子，遇武丁也。【郭 5.2～4】

3. 文衣（依）物以情行之者。【郭 15.44】

### （三）金文「卒」字辭例

1. 孚戎孚人百又十又四人，卒搏，無戜于致身。【04322致簋，西周中期】

2. 癸未，戎伐郇、卒俘，多友西追……俘戎車百乘一十又七乘，卒復郇人俘……唯俘車不克冟，卒焚【02835 多友鼎，西周晚期】

### （四）楚簡「卒」字辭例

1. 今之弋於德者，未年不弋，君民而不驕，卒王天下而不疑。方在下位，不以匹夫爲輕，及其有天下也，不以天下爲重。【郭 7.17～19】

2. 三誓持行，見上卒食。【上博二從甲 7】

## 三、同形字辭例說明

### （一）金文「衣」字辭例說明

　　金文「衣」字，陳昭容認爲辭例 1「玄衣」，即西周賞賜命服最常見的玄色衣服，《說文》曰：「𤣥，幽遠也，黑而有赤色者爲玄。」「玄衣」上常有不同的織文和裝飾，如辭例 2「玄衣黹純」，屈萬里認爲「黹」爲「兩己相背之形互相

鉤連的花紋」的象形字;「純」,《廣雅・釋詁二》:「純,緣也。」《儀禮・士冠禮》:「服纁裳純衣」,《注》:「純衣,緣衣也。」所以「玄衣黹純」應爲邊緣飾有「兩己相背鉤連花紋」的玄色衣服。〔註1〕

### (二)楚簡「衣」字辭例說明

辭例2簡文「釋板築而佐天子,遇武丁也」,所指人物應該是「傅說」,《史記・殷本紀》說武丁「於是乃使百工營求之野,得說於傅險中。是時說爲胥靡,築於傅險」,故「衣胎(枲)蓋(褐)帽絰蒙巾」爲刑徒裝飾,「胥靡」所穿衣著。〔註2〕

辭例3李天虹認爲「文衣(依)物以情行之者」之「文」爲「禮樂制度」。與《郭》13簡31「禮因人之情而爲之」、《禮記・坊記》「禮因人之情而爲之節文」相當。〔註3〕「衣」、「依」相通之例甚多,如《尚書・康誥》:「紹聞衣德言」,孫星衍注疏:「衣,同依。」

### (三)金文「卒」字辭例說明

辭例1唐蘭首先釋讀作「卒」,「完畢」義;「卒博(搏)」爲「搏鬥完畢」。〔註4〕李學勤解釋「卒搏無尤」爲「在整個戰役中沒有過失」。〔註5〕

辭例2多友鼎有三個「卒」字,李學勤解釋第一例「卒俘」爲「既俘」;第二例「卒復郇人俘」爲「終復郇人俘」;第三例「卒焚」爲「已焚」。〔註6〕

### (四)楚簡「卒」字辭例說明

楚簡辭例2「卒食」一詞多見於「三禮」。〔註7〕

案:「卒食」在「三禮」的例證,如《周禮・天官冢宰》作:

---

〔註1〕 陳昭容,〈說「玄衣黹屯」〉,《中國文字》24,1998年12月。

〔註2〕 劉釗,《郭店楚簡校釋》,福州:福建人民出版社,2003年12月。

〔註3〕 李天虹,〈釋楚簡文字斝〉,《華學》4,2000年8月。

〔註4〕 唐蘭,〈用青銅器銘文來研究西周史・伯𣄼三器的譯文與考釋〉,《文物》,1976年6期。

〔註5〕 李學勤,〈多友鼎的卒字及其他〉,《新出青銅器研究》,北京:文物出版社,1990年。

〔註6〕 李學勤,〈多友鼎的卒字及其他〉,《新出青銅器研究》,北京:文物出版社,1990年。

〔註7〕 馬承源主編,《上海博物館藏戰國楚竹書二》,221頁,上海古籍出版社,2002年12月。

以樂侑食。膳夫授祭，品嘗食，王乃食。卒食，以樂徹于造。〔註8〕

《儀禮‧公食大夫禮》作：

> 賓升，公揖退于箱，賓卒食會飯，三飲，不以醬湆；挩手，興；北
> 面坐，取梁與醬以降；西面坐奠于階西。〔註9〕

《儀禮‧特牲饋食禮》作：

> 尸卒食，而祭饎爨、雍爨。賓從尸，俎出廟門，乃反位。〔註10〕

《禮記‧曲禮上》作：

> 客歠醢，主人辭以窶。濡肉齒決，乾肉不齒決。毋嘬炙。卒食，客
> 自前跪，徹飯齊以授相者，主人興辭於客，然後客坐。〔註11〕

## 四、本義及同形原因析論

衣字本義，羅振玉說象「衣襟袩左右掩覆之形」。〔註12〕

卒字本義，朱駿聲、王筠皆認為「衣此者即謂之卒」，〔註13〕但裘錫圭有另外一種說法：

> 初字從衣從刀會意，因為在縫製衣服的過程裡，剪裁是初始的工序。
> 卒字也從衣，其本義似應與初相對。這就是說士卒並非它的本意，
> 終卒才是它的本義。甲骨文中在衣形上加交叉線的卒，大概是通過
> 加交叉線來表示衣服已經縫製完畢的，交叉線象徵所縫的線。下部
> 有上鉤尾巴的卒，如果本來不是衣字異體的話，其字形可能表示衣
> 服已經縫製完畢可以折疊起來的意思。〔註14〕

再將各家對「衣」、「卒」二字關係的說法羅列於下：

---

〔註 8〕 《十三經注疏‧周禮》，52 頁，臺北：藝文印書館，1955 年。

〔註 9〕 《十三經注疏‧儀禮》，306 頁，臺北：藝文印書館，1955 年。

〔註 10〕 《十三經注疏‧儀禮》，548 頁，臺北：藝文印書館，1955 年。

〔註 11〕 《十三經注疏‧禮記》，40 頁，臺北：藝文印書館，1955 年。

〔註 12〕 羅振玉，《殷虛書契考釋》中，42 葉下，1927 年；甲詁 1948 號。

〔註 13〕 高田忠周，《古籀篇》六十七，第二十五頁，1925 年。高鴻縉，《中國字例》三篇，
三十二至三十三頁，1960 年；金詁 1133 號。

〔註 14〕 裘錫圭，〈釋殷墟甲骨文中的「卒」和「褘」〉，《中原文物》，1990 年 3 期。

1. 孫海波認為衣、卒古音同居微部,且《史記·淮南王安傳》:「又欲令人衣求盜衣」,《集解》引《漢書音義》:「卒,衣也」,顏注:「求盜卒之掌逐捕盜賊者」來說明衣、卒義相通」。〔註15〕

2. 季旭昇認為:上古音衣在微部開口三等(*ʔj,r)、卒在物部合口一等(*tsw,t.ts'w,t),二字韻為陰入對轉。〔註16〕

3. 滕壬生認為:卒,戰國時衣、卒不分,皆用為衣,卒是衣的借用引伸字,至小篆方將衣卒分開。〔註17〕

4. 何琳儀認為:卒,由衣分化,均屬脂部。甲骨文、金文衣或讀作卒,戰國文字衣與卒亦往往互用。〔註18〕

案:「衣(影紐微部)」、「卒(精紐物部)」韻部可能相近,但是聲部相差甚遠,故「衣」、「卒」二字密切的關係不適宜用「通假」解釋,周萌認為「衣」、「卒」的情況和現代漢語「二」、「兩」相通相似,其具體的語言學理由,尚待進一步研究,可能「衣」字在上古有「卒」音,後來因文字專化而失去亦未可知。〔註19〕至於「衣」、「卒」二字的意義,所謂「衣此者即謂之卒」是見仁見智,因為「衣此者」不見得必為「卒」,且裘先生也說「士卒並非它的本意,終卒才是它的本義。」在音、義雙層條件考慮下,將「衣」、「卒」視為一組「同形字」最為恰當。

古文字「衣」、「卒」同形是從甲骨文、金文,延續至楚簡,直到小篆才區分。甲骨文、部分金文的「衣」、「卒」同作「卆」形,此是因為字形同源、尚未分化完成所致。而部分金文和楚簡的「衣」、「卒」同作「夊」形,則是因為加了「裝飾符號」的「衣」字,和從「衣」字分化出來、加了「分化符號」的「卒」字同形。故先秦時期,無論是獨體的「衣」、「卒」二字,或是以「衣」、「卒」二形為部件的合體字,在考釋時都要將「衣」、「卒」同形(含部件)的可能性一併納入考慮。

有關甲骨文的「衣」、「卒」同形,會在本節「餘論」中專門討論。

〔註15〕孫海波,〈甲骨文文字小記〉《考古學社社刊》,第3期,63頁;甲詁1948號。

〔註16〕季旭昇,《甲骨文字根研究》,229號,臺灣師範大學國文所博士論文,1990年。

〔註17〕滕壬生,《楚系簡帛文字編》,684頁,武漢:湖北教育出版社,1995年。

〔註18〕何琳儀,《戰國古文字典》,1171頁,北京:中華書局,1998年。

〔註19〕周萌,〈古文字札記二則〉,《語言文字學》,1990年3期。

## 五、相關字詞析論

### （一）金文與祭祀相關的辭例析論

金文與祭祀相關的「衣／卒」（以下用△代替）辭例如下：

1. 乙亥，王又大豐，王凡三方，王祀于天室，降，天亡又王△祀于王丕顯考文王，事喜上帝，文王德在上，丕顯王作省，不緯王作庸，不克气△王祀。丁丑，王鄉大俎（宜），王降，亡助爵、退囊，唯朕又蔑，每揚王休于尊伯。【04261 天亡簋（大豐簋、毛公聃季簋），西周早期】

2. 唯九月初吉癸丑，公酻祀，雩旬又一日辛亥，公適酻辛公祀，△事亡尃，公蔑繁曆，賜宗彝一、妣、車馬兩。繁拜手頜首，對揚公休，用作文考辛公寶尊彝，其萬年永寶或。【05430 繁卣，西周早期】

3. 唯廿又二年四月既望己酉，王客？（格）畐宮△事。丁巳，王蔑庚嬴曆，錫爵、璋、貝十朋。對王休，用作寶鼎。【02748 庚嬴鼎，西周早期】

王國維首先將金文與「祭祀」相關的辭例，釋「衣」讀「殷」，其說為：

衣為祭名，未見古書……衣祀即殷祀，殷本舟聲，讀與衣同，故《書·康誥》：「殪戎殷」，《禮記·中庸》作「殪戎衣」，鄭注：「齊人言衣聲為殷」。《呂氏春秋·慎大覽》：「親郼如夏」，高《注》：「郼讀為衣，今兗州人謂殷氏皆曰衣。」然則甲骨文與大豐敦之衣，殆皆借為殷字，惟甲骨文惟合祭之名，大豐敦為專祭之名，此其異也。〔註20〕

後來陳邦懷認為甲骨文之「衣祭」，即《小戴記》之「殷祭」。〔註21〕吳其昌認為「衣者，商代之大祀，臚列諸代先王妣而合祭之也」。〔註22〕陳夢家認為甲骨文動詞「衣」，為祭名。〔註23〕《銘文選》認為「衣祀即殷祀，衣、殷一聲之轉」。《說文·舟部》：「殷，作樂之盛稱殷，從舟殳。《易曰》：殷薦之上帝」。《公羊傳·文公二年》：「五年而再殷祭」。陳佩芬將辭例 2 解釋為「盛大的祭祀」。〔註24〕基本上皆贊同王國維的說法。

---

〔註20〕 王國維，《殷禮徵文》；甲詁 1948 號。

〔註21〕 陳邦懷，《殷墟書契考釋小箋·自序》，1 頁下，1925 年；甲詁 1948 號。

〔註22〕 吳其昌，《殷墟書契解詁》，1934 年；甲詁 1948 號。

〔註23〕 陳夢家，《卜辭綜述》，259 頁，1956 年 7 月；甲詁 1948 號。

〔註24〕 陳佩芬，〈繁卣、趞鼎及梁其鐘銘文詮釋〉，《上海博物館集刊》總 2 期，1983 年 7 月。

但劉心源首先將「衣祀」讀作「卒祀」，謂「終祀」；〔註25〕李學勤則用「卒」義分別為三個辭例作解，將辭例1第一個衣字讀卒，訓既。下一個衣字讀卒，气讀為迄，迄卒為一詞。將辭例2重新斷句為「公適酌辛公祀，卒事無尤」，在整個祭祀中沒有過失。將辭例3「衣事」讀為「卒事」，意思是終事。〔註26〕

　　案：其實無論是「卒祀」或「迄卒」，都找不到相關文獻例證，且既然李學勤將「卒事」解釋成「整個祭祀」，那倒不如直接將△字釋「衣」，作「祭祀義」解，「衣事」即「祭祀」，此用法可和甲骨文相對照（參見下文）。

　　故筆者贊同將「衣、卒」二說並存，但比較傾向釋「衣」，因為「衣」為具體常見字，應出現在「卒」此類抽象字之前。

## （二）從金文「衣」、「卒」部件同形析論寡子卣「𤔲」字

　　金文「衣」、「卒」部件同形的現象有二，一是「衣」、「卒」都從「仓形部件」；二是「衣」、「卒」都從「令形部件」，以下分成兩個表格說明：

表一、從「仓形」的「衣」、「卒」部件同形：

| 字 例 | | 字 形 | 辭 例 |
|---|---|---|---|
| 初 | 從衣 | 𧜁 | 1. 唯王八月初吉辰在乙卯【02670 旂鼎，西周早期】 |
| 哀 | 從衣 | 𠷎 | 2. 烏虖哀哉，用天降大喪于下國，亦唯鄂侯馭方率南淮夷、東夷，廣伐南國、東國，至于歷內。【02833 禹鼎，西周晚期】 |
| 萃 | 從卒 | （圖） | 3. 燕王職作廣萃鈦。【11517 郾王職矛，《三代》20.38.2 矛，戰國晚期】 |
| | | （圖） | 4. 燕侯職作巾萃鋸。【11223 郾侯職戈，《三代》20.17.6 戟，戰國晚期】 |

表二、從「令形」的「衣」、「卒」部件同形：

| 字 例 | | 字 形 | 辭 例 |
|---|---|---|---|
| 初 | 從衣 | 𧜤 | 1. 唯王正月初吉辰才乙亥【00149～00152鼄公牼鐘，春秋晚期】 |
| | 卒 | 令 | 2. □外卒鐸鍾㝊。【00420□外卒鐸，戰國】 |
| 萃 | 從卒 | （圖） | 3. 燕王職作王萃。【11187 郾王職戈，《三代》19.43.1 戈，戰國晚期】 |

---

〔註25〕劉心源，《奇觚室吉金文述》卷4，第42頁，1902年；金詁1125號。

〔註26〕李學勤，〈多友鼎的卒字及其他〉，《新出青銅器研究》，北京：文物出版社，1990年。

初，《說文》：「𥘿，始也。从刀从衣，裁衣之始也。」哀，《說文》：「𢙣，閔也。从口衣聲。」萃，《說文》：「𦸺，艸皃，从艸卒聲，讀若瘁。」從《說文》解釋可知「初」、「哀」從「衣」部件；「萃」從「卒」部件。

萃，李學勤、鄭紹宗引《周禮‧春官》：「車僕掌戎路之萃」，孫詒讓《正義》云：「萃即謂諸車之部隊」。表一辭例 3「廣萃」，可參《周禮‧春官‧車僕》：「廣車之萃」，注：「橫陣之車也。」表一辭例 4「巾萃」，可參《周禮‧春官‧巾車》注：「巾，猶衣也。」〔註27〕表二辭例 3「王萃」，于省吾引《周禮‧春官》：「車僕掌戎路之萃」注：「萃猶副也」，「王萃」爲「戎車之副也」。〔註28〕

部分金文「衣」、「卒」部件同作「𠂤」形是因爲字形同源、尙未分化完成所致。而部分金文「衣」、「卒」部件同作「𠂤」形，是因爲加了「裝飾符號」的「衣」部件，和從「衣」分化出來、加了「分化符號」的「卒」部件同形。

從上述金文「衣」、「卒」部件同作「𠂤」形審視《集》05392 寡子卣（西周中期），辭例爲：

敦不淑，▨（萃？）乃邦，烏虖，𧥚帝家，以寡子作永寶子。

「𧥚」字說法有二，郭沫若釋「誴」，「哀」之異文，哀、愛古字通，讀爲「愛」。〔註29〕劉心源、方濬溢釋「誶」，《說文》：「誶，讓也。」《爾雅》：「誶，告也。」〔註30〕劉心源、游國慶認爲也可讀作「誶（瘁）」，爲「盡瘁事於天子。」〔註31〕

案：因金文「衣」、「卒」部件同作「𠂤」形，且寡子卣的辭例太過簡短，或釋「誴」（從「衣」），「愛帝家」；或釋「誶」（從「卒」），「讓帝家」、「告帝家」、「瘁帝家」等皆可通讀。但依照文義，其不但「敦不淑」，又「▨（萃？）乃邦」，似乎以「瘁帝家」，「盡瘁事於天子」的解釋最好。

---

〔註27〕 李學勤、鄭紹宗〈論河北近年出土的戰國有銘青銅器〉，《古文字研究》7，1982 年 6 月。

〔註28〕 于省吾，《雙劍誃殷契駢枝》，下釋 7 頁郿王職戈，1940 年，金詁 67 號。

〔註29〕 郭沫若，《金文叢考》，142 頁，韻讀補遺寡子卣，1932 年，金詁 297 號。

〔註30〕 劉心源，《古文審》53，第 21 頁，1902 年。方濬益，《綴遺齋彝器款識考釋》，1935 年，金詁 297 號。

〔註31〕 劉心源，《古文審》53，第 21 頁，1902 年；金詁 297 號。游國慶，《故宮西周金文錄》，237、281 頁，臺北：故宮博物院，2001 年 7 月。

（三）從楚簡「衣」、「卒」部件同形析論《郭店楚簡・六德》簡10「叒」字

楚簡「衣」、「卒」部件同形的例證如下：

| 字　例 | 字　形 | | 辭　例 |
|---|---|---|---|
| 初 | 從衣 | （字形） | 1. 初滔？醅，後名揚，非其德嘉。【郭 5.9】 |
| 哀 | 從衣 | （字形） | 2. 吟游哀也，枭遊樂也。【郭 11.33】 |
| 裻（勞） | 從衣 | （字形） | 3. 子曰：上人疑則百姓惑，下難知則君長裻（勞）。【郭 3.5～6；上博一紣3 缺】<br>4. 臣事君，言其所不能，不詞其所能，則君不裻（勞）。【郭 3.6～7】。<br>5.《詩》云：「誰秉國成，不自爲貞，卒裻（勞）百姓。」【郭 3.9】 |
| 詠（祈） | 從衣 | （字形） | 6. 詠（祈）父之責亦有以也。【上博一孔 9】 |

初，從「衣」部件。（《說文》：「𥘁，始也。从刀从衣，裁衣之始也。」）

哀，《說文》：「𢘇，閔也。从口衣聲。」

裻，《說文》：「𧝵，鬼衣也。从衣熒省聲。」其從「衣」部件的原因待考，但胡石查、吳大澂、楊樹達等認爲「裻」爲古文「勞」。〔註32〕辭例 4 今本作「不煩其所不知，則君不勞矣」。辭例 5 今本作「卒勞百姓」。

辭例 6「詠」字，原先隸定從「卒」無法訓解，但如依黃人二、劉樂賢的解釋，將「夂」部件改釋作「衣（影紐微部）」，便可與「祈（群紐文部）」音近通假，當作《詩・小雅・鴻雁之什・祈父》的篇名。〔註33〕

從上述楚簡「衣」、「卒」部件同作「夂」形，《郭店楚簡・六德》簡 9～10：「既有夫六位也，以任此〔六職也〕，六職既分，以叒六德」的「叒」字。其引發楚簡「衣」、「卒」部件同形的討論如下：

袁國華首先提出從「衣」部件、讀「裕」的說法：

> 此乃從衣、公聲，就是省略聲符的裕字。《郭店楚簡》的裕字多從心
> 谷聲作惥，亦屢見省簡聲符谷之口旁作惀者，故裕字按道理亦可省

---

〔註32〕金詁 1134 號。

〔註33〕劉樂賢，〈讀上博簡箚記〉，《上博館藏戰國楚竹書研究》，上海書局，2002 年。黃人二，〈從上海博物館藏《孔子詩論》簡之《詩經》篇名論其性質〉，《上博館藏戰國楚竹書研究》，上海書店，2002 年。

聲作袗。⿱衣仌字的結構，即由「⿱衣八」、「仌」兩部分組成，因仌與⿱衣八共用八部分筆劃，故乍看似從衣從八，其實乃從衣仌聲的袗字，也就是省略聲符的裕字，其音義仍與裕字無別。〔註34〕

馮勝君、湯餘惠、李零也都贊成「⿱衣仌」字讀「裕」（從「衣」部件）。〔註35〕

李天虹隸「𧚍」，讀「別」；〔註36〕何琳儀隸「𧘇八」，從衣、八聲，讀「襻」，「引」義；〔註37〕都釋作從「衣」部件。

李零、劉桓則直接將「⿱衣仌」釋「卒」。〔註38〕

案：上述說法以字形分析而言皆合理，但以文義和文獻對照，都不如「以裕六德」妥切，因爲袁國華說：

此裕字的意義與《國語・周語》中「叔父若能光裕大德」句中裕字相當，皆爲擴大之義。「以裕六德」即謂用以擴大（聖、智、仁、義、忠、信）六種德行」也。〔註39〕

且馮勝君補充古人每言德行寬裕，如《韓詩外傳》卷三孔子曰：「德行寬裕者，守之以恭」，「裕德」爲古人成語，意即「寬裕其德行」。〔註40〕所以楚簡「⿱衣仌」字當釋「裕」，從「衣」部件。

有趣的是楚簡「衣」、「卒」同形都作「⿱衣」形，楚簡「仌」形字（含部件）都爲「衣」字的字形和辭例如下：

---

〔註34〕袁國華，〈郭店楚簡文字考釋十一則〉，《中國文字》新24，1998年12月。

〔註35〕馮勝君，〈讀《郭店楚墓竹簡》札記（四則）〉，《古文字研究》22，2000年7月。湯餘惠，《戰國文字編》，579頁，福州：福建人民出版社，2001年12月。李零，《上博楚簡三篇校讀記》，132頁，臺北：萬卷樓，2002年3月。

〔註36〕李天虹，〈郭店楚簡文字雜釋〉，《郭店楚簡國際學術研討會論文集》，武漢：湖北人民出版社，2000年5月。

〔註37〕何琳儀，〈郭店竹簡選釋〉，《文物研究》12，1999年12月。

〔註38〕李零，〈郭店楚簡校讀記〉，《道家文化研究》第17輯，519頁，三聯書店，1999年8月。劉桓，〈讀郭店楚墓竹簡札記〉，《簡帛研究》2001，桂林：廣西師範大學出版社，2001年9月。

〔註39〕袁國華，〈郭店楚簡文字考釋十一則〉，《中國文字》新24，1998年12月。

〔註40〕馮勝君，〈讀《郭店楚墓竹簡》札記（四則）〉，《古文字研究》22，2000年7月。

| 字 例 | 字 形 | 辭 例 |
|---|---|---|
| 衣 | 仌 | 1. 夫子曰：好美如好緇衣，惡惡如惡巷伯。【郭 3.1】 |
| | 仌 | 2. 贛之衣常各三冉【包山 244】（滕編 680）<br>3. 一縞衣【包山 261】（滕編 680）<br>4. 司衣之州人苟齎【包山 89】（滕編 680） |
| | 仌 | 5. 賽禱衣備玉一環厎土、司命、司禍各一少環，大水備玉一環，二天子各一少環，峗山一斑。【包山 213～214】<br>6. 衣、厎土、司命、司禍、大水、二天子、峗山既皆城。【包山 215】 |
| 哀 從衣 | 𠕂 | 7. 能差池其羽，然後能至哀。【郭 6.17】 |
| | 𠕂 | 8. 哀生於憂。【郭 14.31】 |
| | 𠕂 | 9. 故〔殺人眾〕則以依（哀）悲蒞之；戰勝則以喪禮居之。【郭 1.3.10】 |
| 褮（勞）從衣 | 褮 | 10. 君民者，治民復禮，民余憲智息褮（勞）之報也。【郭 10.23～24】 |

辭例 4「司衣」，劉信芳認為與周官「司服」相類。《周禮・春官・司服》：「掌王之吉凶衣服。」又《天官・內司服》：「掌王后之六服。」〔註41〕

辭例 6 袁國華認為「衣」可能是被祭禱的神祇名；〔註42〕劉信芳直接認為即楚人所祀「太一」。〔註43〕

楚簡「仌」形字（含部件），所指皆為「衣」字或「衣部件」，可見「卒」字已漸從「衣」形字分化；楚簡僅「仌」形字會「衣」、「卒」同形（含部件），原因是加了裝飾符號的「衣」字，會和加了「分化符號」的「卒」字同形。

## 六、餘 論

### （一）「衣」、「卒」同形是否肇始於甲骨文析論

裘錫圭曾將甲骨文「衣」字分作「衣 a」和「衣 b」，「衣 a」，如《合》38178 作𠥓、《合》37836 作𠥓；「衣 b」，如《合》30282 作𠥓、《合》30373 作𠥓，〔註44〕

---

〔註41〕劉信芳，〈包山楚簡職官與官府通考（下）〉，《故宮學術季刊》第十五卷第二期，1997 年。

〔註42〕袁國華，《包山楚簡研究》，368～369 頁，香港：中文大學博士論文，1994 年。

〔註43〕劉信芳，〈包山楚簡神名與《九歌》神祇〉，《文學遺產》，1993 年 5 期。

〔註44〕裘錫圭，〈釋殷墟甲骨文中的「卒」和「褅」〉，《中原文物》，1990 年 3 期。

因為「衣 a」、「衣 b」對分辨「衣」、「卒」二字的差異毫無幫助，故本文皆不作區別，僅以「△」代替上述所有「衣」字。

## 1. 甲骨文與田獵相關的辭例

為解釋甲骨文與田獵相關的「△」字，筆者將這類辭例分作「△逐亡灾」和「△入亡灾」兩部分作討論。

### （1）甲骨文與田獵相關的「△逐亡灾」辭例

先看「△逐亡灾」的辭例，如《前》2.11.5 作：

壬寅卜，在玖貞：王其田△逐亡灾？

戊申卜，在玖貞：王田△逐亡灾？

「△逐亡灾」的釋讀分別為：

① 郭沫若、陳夢家釋△為「衣」，地名，當作「田」的受詞。

② 李學勤認為商王狩獵時，有時採用「衣」或「衣逐」的方法，「衣」讀為「殷」訓「同」或「合」，「衣逐」即合逐之義。〔註45〕

③ 鍾柏生將甲骨文中所有「△逐亡灾」的辭例全部列出，從與「△逐亡灾」一併出現的地名作考慮，如澅地在山東臨淄附近，䖒地在商丘的東南方，兩地距沁陽之「衣」地，何只百里，豈能同日狩獵？再者，從《前》2.8.2（《合》36839）：「乙酉卜，在勤貞：王田，往來亡灾？庚寅卜，在紋貞：王田，往來亡灾？」的辭例可知「田」字之下皆無地名，是故「王田△逐亡灾？」當從「田」字下斷句才是，因此李學勤的說法是正確的。但是卜辭中除了「△逐」之「△」用作副詞之外，並無他例，不過△在卜辭中可用為形容詞，如：

丙申卜，自今五日方衣，不韋衣。【乙 107；合 20412①】

本例的第一個衣字是形容詞，「盛大」義。《莊子‧山木》云：「翼殷不逝，目大不覩」，司馬彪曰：「殷，大也。」《禮記‧喪服大記》：「主人具殷奠之禮，俟于門外」，鄭注：「殷，猶大也。」如果我們將「衣逐」釋為「大逐」，甲骨文中亦有其例。甲骨文云：

翌日壬，王其田，禽？又大逐？【粹 931；合 28888③】〔註46〕

〔註45〕 李學勤，《殷代地理簡論》，北京：科學出版社，1959 年；甲詁 1948 號。

〔註46〕 鍾柏生，〈甲骨文中所見殷王田游地名考——兼論田游地名研究方法〉，《殷商甲骨文地理論叢》，臺北：藝文印書館，1989 年

④ 近來，李學勤、裘錫圭都將甲骨文與田獵相關的△直接釋讀作「卒」，如「△逐亡災」，李學勤讀作「卒逐亡災」，裘錫圭讀作「卒逐，亡災」，解釋爲「完成逐獸之事，沒有災害」，或是「直到逐獸之事終了不會有災害」。

案：鍾柏生、李學勤、裘錫圭皆舉證齊全、言之成理，所以筆者先將「衣」、「卒」二說並存。

**（2）甲骨文與田獵相關的「△入亡災」辭例**

先看「△入亡災」的辭例，如《甲》3914（合 27146）作：

乙丑卜，狄貞：王其田△入亡𢦏？

庚午卜，狄貞：王其田于利亡𢦏？

壬申卜，狄貞：王其田△亡𢦏？

「△入亡災」的釋讀分別爲：

① 郭沫若、陳夢家、張秉權等都將△字釋「衣」，讀「殷」，地望在「沁陽」。〔註47〕

② 鍾柏生將△釋「衣」，作地名解，如《甲》3914（合 27146） 斷句作：

乙丑卜，狄貞：王其田衣，入，亡𢦏？

庚午卜，狄貞：王其田于利，亡𢦏？

壬申卜，狄貞：王其田衣，亡𢦏？

且認爲此例可和《乙》8188（《合》10408）互證：

貞：于庚午步于衣。

故「衣」在商代確有其地，同時也是田獵區之一。〔註48〕

③ 近來，李學勤讀作「卒入亡災」，裘錫圭讀作「卒入，亡災」，「入」當指返入或進入，「卒入」似可解釋爲「完成返入或進入之事」，一般應指在占卜的當天返入或進入。〔註49〕

---

〔註47〕鍾柏生，〈甲骨文中所見殷王田游地名考——兼論田游地名研究方法〉，《殷商甲骨文地理論叢》，臺北：藝文印書館，1989 年。

〔註48〕鍾柏生，〈甲骨文中所見殷王田游地名考——兼論田游地名研究方法〉，《殷商甲骨文地理論叢》，臺北：藝文印書館，1989 年。

〔註49〕李學勤，〈多友鼎的卒字及其他〉，《新出青銅器研究》，北京：文物出版社，1990 年。裘錫圭，〈釋殷墟甲骨文中的「卒」和「律」〉，《中原文物》，1990 年 3 期。

④ 針對「衣」為「田獵地名」這個議題，鍾柏生在李學勤、裘錫圭都主張將「衣」字釋讀作「卒」後，又舉證說明「衣」字在甲骨文中還是有必讀為「地名」之例，如《合》24247 作：

庚申卜，行貞：王賓　亡尤。在衣。

《屯南》2564 作：

己丑貞：☑王尋告土方于五示。在衣。十月卜。〔註50〕

案：關於《甲》3914（合 27146）的例證，參照鍾柏生對「△逐亡災」的說明，「逐」和「入」皆為動詞的前提下，筆者認為或可重新斷句作：

乙丑卜，狄貞：王其田，衣入，亡𢦏？

庚午卜，狄貞：王其田，于利，亡𢦏？

壬申卜，狄貞：王其田，衣，亡𢦏？

將「衣」作「大」義理解，修飾「入」這個動詞，而「壬申卜，狄貞：王其田，衣，亡𢦏？」的「衣」字用法，和「乙丑卜，狄貞：王其田，衣入，亡𢦏？」完全相同，只是省略動詞「入」。

總之，甲骨文中與田獵相關的辭例，既可依照李學勤、裘錫圭的說法，分別將它們釋讀作「卒逐亡災」和「卒入亡災」；但也可釋讀作「衣逐亡災」和「衣入亡災」，將「衣」通假成「殷」，用「大」義去解釋此類「衣」字。

## 2. 甲骨文與祭祀相關的辭例

王國維首先將「甲骨文這種與祭祀相關的辭例」釋「衣」讀「殷」，〔註51〕後來陳邦懷、吳其昌、陳夢家、《銘文選》等，〔註52〕皆贊同王國維的說法。

但是裘錫圭在〈釋殷墟甲骨文中的「卒」和「褅」〉、〔註53〕李學勤在〈多友鼎的卒字及其他〉，〔註54〕皆將甲骨文、金文與「祭祀」相關的「△」逕釋作「卒」。

筆者先將甲骨文與祭祀相關的「△」辭例，依照出現時的不同情況分成以

〔註50〕 鍾柏生，〈甲骨學與殷商地理研究——回顧與展望〉，《學術史與方法學的省思——中央研究院歷史語言研究所七十週年研討會論文集》，2000 年 12 月。

〔註51〕 王國維，《殷禮徵文》；甲詁 1948 號。

〔註52〕 陳邦懷，《殷墟書契考釋小箋·自序》，1 頁下，1925 年。吳其昌，《殷墟書契解詁》，1934 年。陳夢家，《卜辭綜述》，259 頁，1956 年 7 月；甲詁 1948 號。

〔註53〕 裘錫圭，〈釋殷墟甲骨文中的「卒」和「褅」〉，《中原文物》，1990 年第 3 期。

〔註54〕 李學勤，〈多友鼎的卒字及其他〉，《新出青銅器研究》，北京：文物出版社，1990 年。

下幾類作討論：

**（1）當甲骨文△辭例和其他「祭祀動詞」一起出現時**

　　① 己卯卜，𡆥貞：翌庚辰彡于大庚，△，亡蚩。【合 22796】

　　② 癸巳卜，爭貞：翌甲午酒自甲至於多毓，△，[亡蚩]【懷 32】

　　③ 癸未王卜貞，酒彡日自上〔甲〕至于多毓，△，亡蚩自囧。在四月。
　　　　唯王二祀。【合 37836】

　　④ 丙辰卜，旅貞：翌丁巳叠于中丁，△，亡蚩。在八月。【合 22856】

　　⑤ 庚辰卜貞：△、升、歲，作𦨶自祖乙至于丁。十二月。【合 377①】

　　⑥ 癸丑卜，王曰貞：翌甲寅　酒叠自上甲，△，至于毓，余一人亡囧，
　　　　兹一品祀。在九月，遘示癸𣢉。【英 1923】

　　⑦ 己丑卜，彭貞：其爲祖丁門賓于叠、△、邲彡。【合 30282，何組】

　　⑧ 貞：翌庚辰，△，亦屮羌甲。【合 1773 正】

裘錫圭解釋辭例①～⑤，出組甲骨文裡還屢見「衣」放在受祭先人名後的祭祀甲骨文，這種「卒」自成一讀，意謂上述所說的祭祀活動能卒事。

　　解釋辭例⑥，「卒至于」應該是最終至于，一直至于的意思。《尚書・酒誥》有「自成湯咸至于帝乙」之語，「卒至于」和「咸至于」的文例相似。

　　解釋辭例⑦，「邲」似應該爲比，應該當及、至或臨近講，所以「邲彡」就是比及彡祭之時的意思。叠和彡都屬於殷人周祭系統的五種祀典之列，所以把上引甲骨文中的「于叠衣，邲彡」的衣釋爲卒，訓爲終。

　　解釋辭例⑧，同版有庚申日卜問：「翌辛酉屮于祖辛」之辭。羌甲是祖辛之弟。合 1773 是卜問屮祭祖辛後，是否也祭羌甲，卒似亦可訓終。〔註 55〕

　　而張玉金將辭例⑦讀作「其爲祖丁宆門于叠卒邲彡」，「祖丁宆」爲武丁活著時居住過的房屋，「卒」當結束義。〔註 56〕

　　案：辭例①～⑥既然可自成一讀釋作「卒」，意謂上述的祭祀活動能卒事，同理也可將△自成一讀，釋作「衣」，作「祭祀動詞」解。

　　辭例⑦因爲「叠」、「彡」都是「祭名」，若將「衣」也作「祭祀動詞」解，

---

〔註 55〕裘錫圭，〈釋殷墟甲骨文中的「卒」和「襡」〉，《中原文物》，1990 年第 3 期。

〔註 56〕張玉金，〈甲骨文「我其巳宆乍帝降若」再解〉，《中國文字研究一》，桂林：廣西教
　　　　育出版社，1997 年 7 月。

則可重新斷句成「己丑卜，彭貞：其爲祖丁門賓于叠、衣、邲乡」，即共舉行了三種祭祀，從「叠」祭、「衣」祭，至「乡」祭。

辭例⑧也可斷句爲「貞：翌庚辰，衣，亦㞢羌甲」，解釋成「翌庚辰」這天，「衣祭」和「㞢祭」羌甲。

甲骨文與祭祀相關的△，常和「叠」、「乡」、「翌」、「升」、「伐」、「歲」、「日」、「酒」、「㞢」等「祭祀動詞」一起出現，故除「卒」之外，也可逕讀作「衣」，獨自斷成一句，作「祭祀動詞」解。

**（2）當甲骨文△辭例單獨出現時**

① □三婦宅新寢，衣宅。十月。【合 24951，出組】

② 辛亥〔卜〕，□貞：王其學，衣，不遘雨。之日，王學，允衣，不遘雨。【合 12741（參看續存下 126 摹本），賓組】

③ 辛□卜，出貞：□見其遘雨，克衣。【合 24878 出組】（參看 12573、12738）

裘錫圭釋讀作「卒」，卜問某件事能否完成或能否順利完成。〔註57〕而李學勤也釋讀作「卒」，「終事」義。〔註58〕

案：上述這些甲骨文與祭祀相關的△，皆無和其他「祭祀動詞」一起出現，但是將這些△字釋「衣」字作「祭祀動詞」解也可，且甲骨文「允」、「克」等「副詞」後接「動詞」，就語法而言相當合理。

允，副詞，誠然、果眞之意。《詩·大雅·公劉》：「度其夕陽，豳居允荒。」鄭玄箋：「允，信也」，故《合》12741「允衣」爲「果眞祭祀」義。

克，副詞，完成。《左傳·宣公八年》：「雨，不克葬。庚寅，日中而克葬。」杜預注：「克，成也」，故《合》24878「克衣」爲「完成祭祀」義。

**（3）當甲骨文△辭例後加「時間詞」一起出現時：**

① 壬戌卜貞：在獄天邑商公宮，衣茲月亡囧，宁。【英 2529】（參看合 36540～36545 同類甲骨文）

② 丙寅卜，□貞：衣今月冤其禽抑，不禽執？旬六日壬午禽。【合 21390+40819】（參看 21394）

---

〔註57〕裘錫圭，〈釋殷墟甲骨文中的「卒」和「稗」〉，《中原文物》，1990 年第 3 期。

〔註58〕李學勤，〈多友鼎的卒字及其他〉《新出青銅器研究》，北京：文物出版社，1990 年。

③ 辛亥卜貞：其<u>衣翌日</u>，其延尊于室。【合 30373，何組】

④ <u>叀衣翌日</u>步。【合 36511，黃組】

裘錫圭認爲古書裡的卒，可以把表現時間的詞當作賓語，如：《詩‧豳風‧七月》：「何以卒歲」，《左傳‧襄公二十一年》所引逸詩：「聊以卒歲」。辭例 3 爲「在舉行完翌日祭後，延尊于室。」辭例 4 爲「在舉行完翌日祭時步。」〔註 59〕

李學勤和裘錫圭對辭例①的看法一致，都讀作「卒茲月」，李學勤解釋爲「卜問居于公宮一月間的安寧」。〔註 60〕而趙誠將辭例①解釋爲「在安放諸先公神主之宮進行衣祭」。〔註 61〕

案：其實「翌日」既可當「祭名」，也可作「時間詞」，但無論「祭名」或「時間詞」，「衣」字皆可與之配合作「祭名」解。雖然如裘錫圭所說有「卒歲」的文獻例證，但是時間詞也可當副詞、修飾動詞，甲骨文有「時間詞＋動詞」的例證，如《合》1506「貞：勿于<u>今夕（時間詞）入（動詞）</u>」，也有「動詞＋時間詞」的辭證，如《合》20038「乙未卜，<u>王入（動詞）今夕（時間詞）</u>」。〔註 62〕故將上述甲骨文「衣」字視作「祭祀動詞」，獨自斷爲一句，如《英》2529（辭例①）爲「在天邑商公宮，衣，茲月亡囚，宁」，《合》21390+40819（辭例②）爲「衣，今月」等，通讀亦算合理。

**（4）當甲骨文△辭例後加「乃～」句式一起出現時：**

① □王衣礼乃出。【合 15500，賓組】

② ☑于丁☑衣乃☑氿戠☑【合 3953，賓組】

裘錫圭認爲古書不乏此「先說卒、再說乃」的句子，例如《禮記‧曲禮上》：「卒哭乃諱。」《儀禮‧有司徹》：「卒裞乃升羊豕魚三鼎」、「卒乃羞于賓、兄弟、內賓及私人辯。」《尚書‧堯典》：「卒乃復。」《禮記‧雜記下》：「卒奠出」，《正義》說：「謂卒終已奠而出。」〔註 63〕

---

〔註 59〕裘錫圭，〈釋殷墟甲骨文中的「卒」和「䍁」〉，《中原文物》，1990 年第 3 期。

〔註 60〕李學勤，〈多友鼎的卒字及其他〉，《新出青銅器研究》，北京：文物出版社，1990 年。

〔註 61〕趙誠，《甲骨文簡明辭典——卜辭分類讀本》，213 頁，北京：中華書局，1988 年 1月初版。

〔註 62〕案：皆參類纂 726 頁。

〔註 63〕裘錫圭，〈釋殷墟甲骨文中的「卒」和「䍁」〉，《中原文物》，1990 年第 3 期。

案：雖然古書中有「卒～乃～」的句式，但《合》15500 號也可逕讀作「衣祀」。而《合》27094 辭例太殘，故待考。

「甲骨文與祭祀相關的△辭例」，無論是依照裘先生釋「卒」，或是遵循傳統說法釋「衣」，作「祭祀動詞」解皆可，故將二說並存。

總而言之，甲骨文中與「田獵」或是「祭祀」相關的△辭例，筆者皆主張應該「衣」、「卒」二說並存，但比較傾向釋「衣」。因如果都釋「卒」，那甲骨文幾乎無「衣」字存在；「卒」這種抽象字，竟出現在「衣」這種具體常見字之前，於常理不合。

## （二）曾侯乙墓漆書「夈牛」詞析論

《曾侯乙墓‧廿八宿漆書》有一「夈」字，辭例為「夈牛」。〔註64〕對照《呂氏春秋‧有始覽》：

> 何謂九野？中央曰鈞天，其星角、亢、氐。東方曰蒼天，其星房、心、尾。東北曰變天，其星箕、斗、牽牛。北方曰玄天，其星婺女、虛、危、營室。西北曰幽天，其星東壁、奎、婁。西方曰顥天，其星胃、昴、畢。西南曰朱天，其星觜巂、參、東井。南方曰炎天，其星輿鬼、柳、七星。東南曰陽天，其星張、翼、軫。

〔註65〕

《曾侯乙墓‧廿八宿漆書》的「夈牛」，僅能釋讀作二十八宿的「牽牛」。

黃錫全將《曾侯乙墓‧廿八宿漆書》的「夈」字，釋讀作「睘（牽）牛」，認為「夈」字是「袁」、「睘」等字的省形，從衣，○（圓）聲，即「擐」字；而「牽」從「玄」聲，睘、玄音近可通，如《穀梁傳‧隱公元年》：「寰內諸侯」，《釋文》：「寰，古縣字。」《穆天子傳‧卷二》「縣圃」，郭注引《淮南子》作「玄圃」，且「擐」、「牽」皆有「繫」義，故漆匫二十八宿假「擐」為「牽」。〔註66〕湯餘惠、何琳儀皆贊成黃錫全之說法。〔註67〕

---

〔註64〕王健民，〈曾侯乙墓出土的二十八宿青龍白虎圖像〉，《文物》，1979 年 7 期。

〔註65〕《呂氏春秋》，657 頁，臺北：華正書局，1988 年。

〔註66〕黃錫全，《湖北出土商周文字輯證‧14 朱書二十八宿》，103～107 頁，武漢：武漢大學出版社，1992 年。

〔註67〕湯餘惠，《戰國銘文選》，204～205 頁，註 12，長春：吉林大學出版社，1993 年。

案：曾侯乙墓廿八宿漆書的「⿱夕牛」字，之所以會和楚簡「衣／卒」同形，因爲曾侯乙墓廿八宿漆書「⿱夕牛」字，省略音符「○」，從下表例證可見楚簡「睘」、「袁」二部件省略音符「○」之普遍，因筆者將「還」、「環」、「遠」三字從「○」、和省略「○」的字形一併列出：

| 字 例 | 字 形 | 辭 例 |
|---|---|---|
| 還 從睘 | 𧾷 | 上連踽之還【包山 10】（滕編 142） |
|  | 𧾷 | 《康誥》曰：「不還大暊，文王作罰，刑茲亡懇曷？」【郭 9.38】 |
| 環 從睘 | 𤨿 | 莆玉一環【望一 卜】（滕編 42） |
|  | 𤨿 | 備玉一環【包山 213】（滕編 42） |
| 遠 從袁 | 𨖹 | 不遠不敬，不敬不嚴，不嚴不尊，不尊不恭，不恭亡禮。【郭 6.22】 |
|  | 𨖹 | 哀、樂，其性相近也，是故其心不遠。【郭 11.29～30】 |

《曾侯乙墓・廿八宿漆書》的「⿱夕牛」，還進一步將「睘」字所從「目」旁，或「袁」字所從「山形」旁一併省略，加上金文「睘」、「袁」二字有「通用之理」，〔註68〕如《集》09897 師遽方彝的「⿱山田」字（從「袁」），依照辭例「王呼宰利賜師遽瑈圭一⿱山田章四」，必須釋爲「環」字（從「睘」），所以《曾侯乙墓・廿八宿漆書》的「⿱夕牛」字，究竟應釋「睘」或「袁」，因皆可通假成「牽」，故待考。

總之，《曾侯乙墓・廿八宿漆書》的「⿱夕牛」勢必讀作「袁（牽）牛」或是「睘（牽）牛」，可證「衣」、「卒」、「袁」、「睘」四字皆可作「⿱夕」形，爲一組「同形字」。

## 第二節　「足」、「疋」同形

足，《說文》：「⿰⿱口止，人之足也。在體下，從口止」；疋，《說文》：「⿱⿰，足也。上象腓腸、下從止。弟子職曰：問疋何止。古文𠯢爲詩大雅字，亦𠯢爲足字，或曰胥字，一曰：疋，記也」，都表「足」義。但是「足（精紐屋部）」、「疋（疑紐魚部）」二字古音相差甚遠，且「足」、「疋」不同的隸定，會造成考釋上南轅

---

何琳儀，《戰國古文字典》，987 頁，北京：中華書局，1998 年。

〔註68〕高田忠周，《古籀篇》，23 頁第 2 頁，1925 年；金詁 1004 號。

北轍的不同，所以筆者贊同戴君仁、龍宇純之說，以「同形字」視之，[註69]
歸於「字形同源」的同形。

## 一、同形字字形舉隅

### （一）金文「足」、「疋」同形字形

| 足 | 疋 |
|---|---|
| 集 10169 呂服余盤 | 集 02817 師晨鼎 <br> 、集 02820 善鼎 |

### （二）楚簡「足」、「疋」同形字形

| 足 | 疋 |
|---|---|
| 郭 1.1.26～27 | 郭 1.1.28～29 <br> 包山 84 反 |

## 二、同形字辭例舉隅

### （一）金文「足」字辭例

1. 唯正二月初吉甲寅，備中內右呂服余，王曰：服余，令汝更乃祖考事，
   足備中司六師服。賜女赤巿、幽黃、鑾勒、旂。呂服余敢對揚天丕顯
   休令，用作寶盤盉，其子子孫孫永寶用。【10169 呂服余盤，西周中期】

### （二）楚簡「足」字辭例

1. 合〔抱之木生於毫〕，九層之臺甲〔於蠃土，百仞之高始於〕足下。
   【郭 1.1.26～27】

### （三）金文「疋」字辭例

1. 唯三年三月初吉甲戌，王在周師彔宮。旦，王格大室，即位，司馬共
   右師晨入門，立中廷，王呼作冊尹冊令師晨：「疋（胥）師俗司邑人，
   與小臣膳夫、守□、官犬，眔鄭人、膳夫、官守友，賜赤舄。」晨拜頭
   首，敢對揚天子丕顯休令，用作朕文祖辛公尊鼎，晨其□□世子子孫
   孫其永寶用。【02817 師晨鼎，西周中期】

---

[註69] 戴君仁，〈同形異字〉，《臺大文史哲學報》12 卷，1963 年。龍宇純，〈廣同形異字〉，
《臺大文史哲學報》36 卷，1988 年。

2. 善，昔先王既令汝左疋（胥）彙侯，今余唯肇鬴先王令，令汝左疋（胥）
彙侯，監龏師戍，賜汝乃祖旂，用事。【02820 善鼎，西周中期】

3. 唯十又二月初吉，王在周，昧爽，王格于大廟，丼叔有免即令，王受
作冊尹書，卑冊令免曰：令汝疋（胥）周師司斁，賜汝赤 $\boxminus$ 市，用事。
免對揚王休，用乍（作）尊簋，免其萬年永寶用。【04240 免簋，西周
中期】

4. 隹（唯）正月初吉丁卯，王在周康宮，格大室，即立，益公內，右申
中廷，王命尹冊命申：更乃祖考疋（胥）大祝，官司豐人眔九戲祝，
賜汝赤市縈黃、巒旂，用事。申敢對揚天子休令，用作朕皇考孝孟尊
簋，申其萬年用，子子孫孫其永寶。【04267 申簋蓋，西周中期】

5. 唯元年五月初吉甲寅，王在周，格康廟，即立，同中右師兌入門，立
中廷，王呼內史尹冊令師兌：疋（胥）師龢父，司左右走馬、五邑走
馬，賜汝乃祖市、五黃、赤舄。兌拜𩒨首，敢對揚天子丕顯魯休，用
作皇祖城公鷺簋，師兌其萬年子子孫孫永寶用。【04274 元年師兌簋，
西周晚期】

## （四）楚簡「疋」字辭例

1. 故不可得而親，亦不可得而疋（疏）；不可得而利，亦不可得而害；不
可得而貴，亦可不可得而賤。【郭 1.1.28～29】

2. 疋獄【包山 84 反】（滕編 174）

## 三、同形字辭例說明

### （一）金文「足」字辭例說明

「足」有充實、完備義。《詩・小雅・天保》：「降爾遐福，維日不足。」鄭
玄箋：「汲汲然如日且不足也」，可和《集》10169 呂服余盤「備」字組成「同
義複詞」。

### （二）楚簡「足」字辭例說明

《郭》1.1.26～27 可參《老子・德經・六十四章》「千里之行，始於足下」。

〔註 70〕

---

〔註 70〕 朱謙之，《老子校釋》，260 頁，臺北：華正書局，1986 年。

## （三）金文「疋」字辭例說明

陳夢家將上述「」形字釋作「胥」，訓爲「相」義。〔註71〕《爾雅・釋詁》：「胥，助也。」《說文》將「胥」字分析爲「从肉疋聲」。可見上述「」形字皆須釋作「疋」，方可通假讀作「胥」。

## （四）楚簡「疋」字辭例說明

「疋獄」有兩種解釋，1 原釋文引《說文》釋「疋」爲「記」也，「疋獄」爲「獄訟紀錄」。〔註72〕2 李零認爲「疋」字或應讀作等待義的「胥」字（通「須」），「胥獄」爲「待決之獄」。〔註73〕其實無論「故不可得而親，亦不可得而疋（疏）」、「疋獄」或是「疋（胥）獄」，「」形字皆必釋作「疋」，方可通讀爲「疏」或「胥」，因爲「疏」或「胥」都是以「疋」爲聲符。

## 四、同形原因析論

甲骨文「足」、「疋」二字的字形和辭例如下：

1. 其方☑疾足。【甲 1640；合 28106③】
2. 貞：病疋龍（腫）【《乙》1187，合 13693①】

就字形而言，「足」字作「」，「疋」字作「」，似有區別。但徐錫台解釋辭例 2（《合》13693）「病疋龍（腫）」之「病疋」，「足病也」，〔註74〕可證徐灝《段注箋》：「疋乃足之別體」，及李孝定：「古文疋足當是一字」之不誤。〔註75〕

故金文「足」、「疋」同形，可能是因爲「足」、「疋」本義相近所致，因爲在西周金文時代，「疋」字尚未完全從「足」字分化，故會因爲「字形同源」而同形。至於戰國楚簡「疋」字，已經逐漸從「足」字分化，但尚未分化完成，故部分「足」、「疋」（含部件）依然會同形。

---

〔註71〕劉釗，《古文字構形研究》，244 頁，吉林大學博士論文，1991 年。

〔註72〕劉彬徽等，《包山楚墓・包山二號楚墓簡牘釋文與考釋》，注 123，北京：文物出版社，1991 年。

〔註73〕李零，〈包山楚簡研究文書類〉，《王玉哲先生八十壽辰紀念文集》，天津：南開大學出版社，1994 年。

〔註74〕徐錫台，〈殷墟出土疾病甲骨文的考釋〉，《中國語文研究》7 卷；甲詁 829 號。

〔註75〕李孝定，《甲骨文字集釋》，640 頁，1965 年；甲詁 829 號。

## 五、楚簡「足」、「疋」二字分化現象析論

楚簡「足」、「疋」二字的區別：

| 字 例 | 字 形 | 辭 例 |
|---|---|---|
| 足 | | 1. 均不足以平政，慐不足以安民，勇不足以沒眾，博不足以知善，決不足以知倫，殺不足以勝民。【郭10.34～35】 |
| 疋 | | 2. 故不可得而親，亦不可得而疋（疏）。【郭1.1.28～29】 |
|  | | 3. 疋獄【包山84反】（滕編174） |

楚簡「足」、「疋」部件的區別：

| 字 例 | 字 形 | | 辭 例 |
|---|---|---|---|
| 捉 | 從足 | | 1. 攫鳥猛獸弗扣，骨弱筋柔而捉固。【郭1.1.33～34】 |
| 綎 | 從疋 | | 2. 綎（疏）斬布，経丈，爲父也，爲君亦然。【郭12.27】 |

從上述二表發現，「足」（含部件）上部必作「𠙵」形，而「疋」（含部件）上部多爲「封口形」，〔註76〕可見楚簡「足」、「疋」二字已經開始分化，但尚未分化完成，故楚簡會有「足」、「疋」同形的現象產生。茲舉楚簡幾個從「足（）」形部件，但卻必須釋爲從「疋」部件的例證，說明楚簡「足」、「疋」同形對考釋字詞的重要性。此類「足」、「疋」同形的字形和辭例如下：

1. 綎衣【仰天2.52】（滕編930）

2. 紫之縢【曾137】（滕編710）

3. 絤組之鏞之釱軾韓【包山276】（滕編1026）

辭例1「」、辭例2「」和辭例3「」，依照字形都應釋爲從「足」，但都無法通讀辭例，只有運用楚簡「足」、「疋」同形的觀念，將這些字往從「疋」部件考慮，方有解決的可能。

如辭例1「綎」，李守奎認爲當作「疏衣」，概與典籍所見「疏服」相當；〔註77〕李家浩也引《玉篇》：「綎，亦疏字」，即古書屢見「疏布」，爲質地較粗的紡織品。〔註78〕「」字當釋「綎」，方可通假作「疏」。

〔註76〕 李守奎，〈楚文字考釋三組〉，《簡帛研究》3，桂林：廣西教育出版社，1998年12月。

〔註77〕 李守奎，〈楚文字考釋三組〉，《簡帛研究》3，桂林：廣西教育出版社，1998年12月。

〔註78〕 李家浩，〈楚簡中的袷衣〉，《中國古文字研究》1，長春：吉林大學出版社，1999年。

　　辭例 2 李守奎說：「曾侯乙墓竹簡所載馬甲之縢，除此紫𦒎之縢外，還有紫組之縢、黃紡之縢、紫繻之縢、玄市之縢等等，縢前的修飾語均是指製作此縢的紡織品名稱及其顏色，紫𦒎也當是紫色的某種紡織品。𦒎當從欠，疋聲，字可隸作㰡。」〔註79〕故筆者推測辭例 2「㰡」字，或許與辭例 1「綻」字所指相同。

　　辭例 3 劉釗說：「輆字從車從疋，應該釋爲輆，輆作輆，猶古璽瘤作疨一樣。輆字見於《集韻》，訓爲車下。」〔註80〕

　　綜上所述，楚簡「疋部件」上部可能會訛作「𠙵」形，與「足」部件同形，尤其是「綻」、「㰡」、「輆」三字，必須將所從的「足」部件釋作「疋」，方可通讀成「疏」和「輆」，因爲「疏」、「輆」皆以「疋」爲聲符。

# 第三節　「巳」、「已」同形

　　巳，《說文》：「𢁅巳也，四月昜气巳出，会气巳臧，萬物見，成交彰，故巳爲它象形。」已，《說文》缺。金文、楚簡「巳」、「已」乃因「字形同源」而同形，直到《說文》小篆都尚未分化完成。

## 一、同形字字形舉隅

### （一）金文「巳」、「已」同形字形

| 巳 | 已 |
|---|---|
| 𢁅集 02837 大盂鼎<br>𢁅集 02841 毛公鼎<br>𠃎集 02701 公朱左𠂤鼎 | 𠃌集 10171 蔡侯盤<br>𢁅集 10298 吳王光鑑 |

### （二）楚簡「巳」、「已」同形字形

| 巳 | 已 |
|---|---|
| 𢁅包山 4、121<br>𢁅包山 33、47 | 𢁅郭 11.61<br>𢁅郭 9.35～36<br>𢁅上博二容 29<br>𠃌郭 1.1.7 |

〔註79〕 李守奎，〈楚文字考釋三組〉，《簡帛研究》3，桂林：廣西教育出版社，1998 年 12 月。

〔註80〕 劉釗，〈包山楚簡文字考釋〉，注 176，中國古文字研究會學術研討會論文，1992 年；《香港大學：東方文化》，1998 年 1～2 期合刊。

## 二、同形字辭例舉隅

### （一）金文「巳」字辭例

1. 唯殷邊侯甸與殷正百辟，率肆于酒，故喪師。巳，汝昧晨有大服。【02837 大盂鼎，西周早期】

2. 王曰：父厝。巳日及茲卿事寮、大史寮于父即尹。【02841 毛公鼎，西周晚期】

3. 十一年十一月乙巳朔。【02701 公朱左𠂤鼎，戰國晚期】

### （二）楚簡「巳」字辭例

1. 丁巳之日【包山 4、121】（滕編 1081）

2. 辛巳之日【包山 33、47】（滕編 1081）

### （三）金文「已」字辭例

1. 祗盟嘗啻，祐受毋已，禱護整肅。【10171 蔡侯盤，春秋】

2. 唯王五月既字白期吉日初庚，吳王光擇其吉金，玄銧白銧，台作弔姬寺吁宗彝薦鑑，用享用孝，眉壽無疆，往已弔姬，虔敬乃后，子孫勿忘。【10298 吳王光鑑，春秋晚期】

### （四）楚簡「已」字辭例

1. 苟無大害，少枉入之可也，已則勿復言也。【郭 11.61】

2. 言語較之，其勝也不若其已也。【郭 9.35～36】

3. 后稷既已受命，乃食於野，宿於野，復穀換土，五年乃穫。【上博二容 29】

4. 善者果而已，不以取強。【郭 1.1.7】

5. 所以異於父，君臣不相在也，則可已；不悅，可去也；不義而加諸己，弗受也。【郭 15.2～5】

## 三、同形字辭例說明

### （一）金文「巳」字辭例說明

辭例 1～2 與《尚書‧大誥》：「巳，予惟小子」之「巳」用法相同，語首嘆詞。〔註81〕辭例 3 為干支。

---

〔註81〕黃德寬，〈說也〉，《第三屆國際中國古文字學研討會論文集》，香港中文大學，1997 年 10 月。

（二）楚簡「巳」字辭例說明

辭例 1～2 為干支。

（三）金文「已」字辭例說明

辭例 1 張世超引《墨子·尚賢中》：「萬民被其利，終身無已」為證，訓「終止」。辭例 2 張世超舉《書·洛誥》：「公定，予往已」為證，用於句尾，語氣詞，表示確定語氣。〔註82〕

（四）楚簡「已」字辭例說明

辭例 1《廣雅·釋詁》：「已，成也。」《玉篇》：「已，畢也」。劉釗將「已」訓為「完成」，指「完了就不要再提及」，〔註83〕

辭例 2《玉篇》：「已，棄也。」《孟子·盡心上》：「於不可已而已者，無所不已。」趙岐注：「已，棄也。」劉釗將「已」釋為「放棄」，指「用言語較量，其勝利不如放棄。」〔註84〕

辭例 3 訓作「已經」。

辭例 4～5 是「語尾助詞」。

## 四、「巳」字本義與同形原因析論

巳字本義說法有二，1 與「人」有關。2 與「虫」有關。

1. 與「人」有關。郭沫若說：「古文巳字實象人形，其可斷言者，如祀字象人於神前跪禱；如改字象朴作教刑之意，子跪而執鞭以懲戒之也。」〔註85〕甲詁按語：「包字所从，象子未成形。」〔註86〕李孝定說：「巳象子未成形。」〔註87〕

2. 與「虫」有關。葉玉森贊成許慎謂「巳」為蛇形。〔註88〕季旭昇以聲韻的角度說明「巳」即「虫」之假借：

---

〔註82〕張日超等，《金文形義通解》，京都：中文出版社，1995 年。

〔註83〕劉釗，《郭店楚簡校釋》，105 頁，福州：福建人民出版社，2003 年 12 月。

〔註84〕劉釗，《郭店楚簡校釋》，143 頁，福州：福建人民出版社，2003 年 12 月。

〔註85〕郭沫若，《甲骨文字研究·釋干支》，27 頁，1952 年；甲詁 580 號。

〔註86〕甲詁 580 號。

〔註87〕李孝定，《甲骨文字集釋》4366 葉，1965 年；甲詁 580 號。

〔註88〕葉玉森，《殷墟書契前編集釋》卷 1、32 頁下，1932 年 10 月；甲詁 580 號。

以上古韻言，巳屬之部開口三等（*-ji,r），虫屬微部合口三等
（*-jiw,r），其韻母僅有開合之不同而已。其聲母則巳中古屬邪紐，
虫中古屬曉紐，二字上古聲皆屬舌根音，是巳虫二字之上古音極為
接近，《說文》謂巳為它（虫）象形，二字或本為一字之分化，或巳
即虫之假借。〔註89〕

蘇建洲引《式經》云：「巳有騰蛇之將，因而配之。」和《吳越春秋・闔閭內傳》：
「越在巳地，其位『蛇』也，故『南』大門上有木蛇，北向首內，示越屬於吳
也。」說明「巳」位是「蛇」，在「南」方。〔註90〕

　　案：雖然《睡虎地秦簡・日書甲・74 背》：「巳，蟲也」，不用任何假借即
說明了「巳」有「蟲」義，但筆者認為「巳」有「蟲」義是晚期的演變，「巳」
字早期本義應該還是與「人」相關，因為甲骨文、金文皆有「巳」字作「子」
形的例證，甲骨文的例證如下：

| 字　例 | 字　形 | 辭　例 |
|---|---|---|
| 子 | 合 536 | 1. 貞：多子獲鹿【合 10275 正①】<br>2. 辛卯卜，爭，勿呼取奠女子。二告／辛卯卜，貞：呼取奠女子／呼取奠女子【合 536①】 |
| 巳 | 合 6226 | 3. 丁子（巳）卜，亘貞：刉牛爵。一【鐵 250.1；合 6226①】<br>4. 乙酉卜，丁子（巳）酒祖丁☑祖辛二牛，父己二牛。一【前 1.27.1；合 22184①】 |

　　金文方面的例證有二表，表一：

| 字　例 | 字　形 | 辭　例 |
|---|---|---|
| 子 | | 〔子▨〕父己。【06399 子▨父己觶，殷商】 |
| 巳 | | 癸巳，□商小子□貝十朋【04138 小子𫇰簋（文父丁簋），殷商】 |

　　表二：

| 字　例 | 字形 | 辭　例 |
|---|---|---|
| 子 | | 其萬年子子孫孫永保用。【04262 格伯簋，西周中期】 |
| 巳 | | 辛巳，王歙多亞耴享京【03975 邐簋，殷商】 |

---

〔註89〕季旭昇，《甲骨文字根研究》，192 號，臺灣師範大學國文所博士論文，1990 年。

〔註90〕蘇建洲，〈「容成氏」柬釋（五）〉，簡帛研究網，2003 年 5 月 24 日。

尤其是《集》05417 小子簹卣（殷商）：

乙![子]巳，子令小子簹先以人于董，子光商簹貝二朋，子曰：『貝唯丁

蔑女（汝）曆。』簹用作母辛彝，在十月二。唯子曰：令望人方![圖]。

「![子]」字，兼有「巳」、「子」二義最爲明顯。

「子〔註 91〕（精紐之部）」與「巳（斜紐之部）」二字可爲一組假借字，本文將甲骨文、金文「子」、「巳」列出，在於藉甲骨文、金文「子」、「巳」關係密切，推論「巳」字原始本義應「與人相關」，後來才轉變成「與虫相關」。

至於「巳」、「己」二字的關係，吳大澂首先提出「巳、己一字」，〔註 92〕接著容庚說：「金文巳、己爲一字」；〔註 93〕陳偉說：「楚簡巳、己同形。」〔註 94〕裘錫圭認爲「巳是己的分化字，後來用在巳字左上角留缺口的辦法，分化出了專用的巳字，所以《說文》無巳字。」〔註 95〕

金文、楚簡「巳」、「己」爲一字；「巳（斜紐之部）」、「己（余紐之部）」，雖然韻部相同，但聲母頗有差距，無法通假，故「巳」、「己」應是一組同形字，因爲字形同源、尚未分化而同形。

## 五、「巳」、「己」部件同形現象析論

「祀」字明顯從「巳」部件，因爲《說文》：「祀，祭無巳也，從示巳聲。」所以本段討論以「祀字（從「巳」）」字和「改」字（從「己」）〔註 96〕相較，證明古文字存在「巳」、「己」部件同形的現象。

### （一）從古文字「祀」、「改」二字論「巳」、「己」部件同形

首先從甲骨文「祀」、「改」二字看「巳」、「己」部件同形

| 字 例 | 字 形 | 辭 例 |
|------|------|------|
| 祀 | 從巳 ![字形] | 庚寅卜，爭貞：我其祀于河。【合 14549 正①】 |
| | ![字形] | 王二十祀。【合 35368⑤】 |

---

〔註 91〕《說文》：「子，十一月昜氣動萬物滋，人吕爲偁，象形。」

〔註 92〕吳大澂，《說文古籀補》，91 頁，1884 年；金詁 1875 號。

〔註 93〕金編 2394 號。

〔註 94〕陳偉，《郭店竹書別釋》，武漢：湖北教育出版社，2003 年 1 月。

〔註 95〕裘錫圭，《文字學概要》，226 頁，北京：商務出版社，1988 年。

〔註 96〕案：「改」字從「己」部件的推論見下文。

| | | | |
|---|---|---|---|
| | | | 隹王二祀。【合 37836⑤】 |
| | | | 貞占☑女亡☑在祀☑月【合 28170③】 |
| 改 | 從巳 | | 辛未卜☑其☑／弜改。【前 5.38.4，合 39466⑤】 |

其次從金文「祀」、「改」二字看「巳」、「已」部件同形

| 字　例 | 字　形 | 辭　　例 |
|---|---|---|
| 祀 從巳 | | 王祀于天室，降，天亡又王衣祀于王丕顯考文王……不克气衣王祀。【04261 天亡簋，西周早期】 |
| | | 敬厥盟祀【02811 王子午鼎，春秋中晚期】 |
| | | 以卹其祭祀盟祀【00245 鼄公華鐘，春秋晚期】 |
| | | 惠于盟祀【00203 沇兒鎛，春秋晚期】 |
| | | 唯王五十又六祀【00085 楚王酓章鎛，戰國早期】 |
| 改 從巳 | | 改作朕文考乙公旅盨，子子孫孫永寶用〔鼎〕。【04414 改盨，西周中期】 |

最後從楚簡「祀」、「改」二字看「巳」、「已」部件同形

| 字　例 | 字　　形 | 辭　　例 |
|---|---|---|
| 祀 從巳 | 郭 1.2.15～16 | 1. 善建者不拔，善保者不脫，子孫以其祭祀不乇。【郭 1.2.15～16】 |
| | 郭 11.66 | 2. 夫柬柬之信，賓客之禮必有夫齊齊之容，祭祀之禮必有夫齊齊之敬。【郭 11.66】 |
| 改 從巳 | 郭店 3.16～17<br>上博一紂9 | 3. 子曰：長民者衣服不改，從容有常，則民德一。【郭 3.16～17；上博一紂9】 |
| | | 4. 井：改邑不改井，无喪无得，往來井井。【上博三周 44】 |
| | | 5. 舉天下之名虛樹，習已不可改也。【上博三亙 10】 |

　　上述古文字「改」字皆從「巳」形，尤其是楚簡「改」字，辭例 4 今本《象》曰：「改邑不改井，乃以剛中也」。〔註97〕可證「改」字從「巳」形部件之不誤，故筆者贊成吳大澂所說：「古文改攺為一字」。〔註98〕

　　但是古文字「改」字所從的「巳」形部件，究竟為「巳」或「己」，即有討論的必要，相關說法如下：

---

〔註97〕馬承源主編，《上海博物館藏戰國楚竹書三》，196 頁、241 頁，上海古籍出版社，2003 年 12 月。

〔註98〕吳大澂，《古籀補補遺》1 頁；金詁 433 號。

1. 從「已」說。①李學勤引朱駿聲在《說文通訓定聲》中提出「改」從「已」聲，更改的改乃是從攴、已聲的字。〔註99〕②魏慈德也認爲「改」字從「已」聲，其說爲：「早期巳字未從巴字分化出來，改字就寫作從巳聲，但仍然要讀作已聲。後來已從巳分化出來以後，改字本應作從已，但又爲了強調和巳字的區別而訛成了從己。」〔註100〕

2. 從「己」說。①李學勤引《說文》大徐本：「改，更也。從攴、己。」李陽冰曰：「己有過，攴之即改。」小徐本則作：「改，更也。從攴，己聲。」徐鍇曰：「從戊己之己。」段玉裁注遵小徐本以爲改從己聲，不同意大徐本會意之說。古音己和改均在見母之部，所以段說是有理由的。〔註101〕

案：「改」和「己」同爲「見母之部」字，所以「改」字所從「已」形部件爲「己」的可能性大增，但筆者認爲「改」字所從「已」形部件，爲尚未分化「已」、「巳」的同源母體，即古文字「已」、「巳」部件可同作「已」形。

因爲甲骨文、金文的「己」字多作「天干」使用，甲骨文例證，如《合》29713「己未」之「己」作「𠃉」，《合》31995「己丑」作「𠃉」；金文例證，如《集》02758 作冊大方鼎「己丑」作「己」，《集》02668 鐘伯侵鼎「己亥」作「己」，其本義羅振玉認爲象繳，葉玉森認爲是綸索類利約束耳，〔註102〕張秉權認爲是一種繅絲的工具，〔註103〕並不會和「已」、「巳」同形相混，所以筆者主張將「改」字所從的「已」形部件釋爲「己」部件。

## 六、相關字詞析論

因爲以下討論的都是楚簡例證，故得補充說明楚簡一般「己」字寫法，《包山》簡 196 作「己」，《包山》簡 226 作「己」，但有時會形近訛誤，如《包山》簡 31「己丑」作「己」，《包山》簡 79「己未」作「己」，會和「已」、

---

〔註99〕 李學勤，〈釋改〉，《石璋如院士百歲祝壽論文集》，臺北：南天書局，2002 年。

〔註100〕 魏慈德，〈說古文字中的改字〉，《第十五屆中國文字學國際學術研討會論文集》，臺北：輔仁大學中國文學系，2004 年 4 月 17～18 日。

〔註101〕 李學勤，〈釋改〉，《石璋如院士百歲祝壽論文集》，臺北：南天書局，2002 年。

〔註102〕 葉玉森，《殷墟書契前編集釋》，卷一，51 頁上，1934 年；甲詁 3684 號。

〔註103〕 甲詁 3684 號。

「巳」同形，所以當楚簡「巳」形部件出現時，除了與「巳」字形同源的「已」之外，還要考慮與「巳」形近訛誤的「己」，即楚簡「巳」、「已」、「己」有可能同形。

## （一）《包山楚簡》簡207「少未乙」句析論

《包山楚簡》簡 207「少未乙」之「乙」字有「已」、「巳」二說，原釋文釋「已」，停止。〔註104〕何琳儀改釋「巳」，引《呂覽·至忠》:「病乃遂巳」，注：「巳，除癒也」。〔註105〕

案：楚簡「巳」、「已」同形，且用「已，停止義」或「巳，除癒義」皆可通讀，但此簡主要紀錄墓主人邵𨚉「病腹疾，以少氣，尚毋有咎」，貞卜結果爲「貞吉，少未乙」，占卜內容與疾病相關，所以用「巳，除癒義」作解似乎更恰當。

## （二）《上博一·孔子詩論》簡10～12「關雎之𡥇」句析論

與《上博一·孔子詩論》「關雎之𡥇」 相關的簡文，因各家排序不同，故分別羅列如下：

1. 《關雎》之𡥇，《樛木》之時，《漢廣》之知 ，《鵲巢》之歸，《甘棠》之報，《綠衣》之思，《燕燕》之情 ，曷？曰：童而皆賢於其初者也。《關雎》已色俞於豊【上博一·孔 10】

2. 情愛也。《關雎》之𡥇，則其思益矣。《樛木》之時，則𢀪其祿也。《漢廣》之知則知不可得也……【上博一·孔 11】

3. ☐好，反內於豊，不亦能𢀪乎？《樛木》福斯在君子，不☐【上博一·孔 12】

4. 兩矣，其四章〔註106〕則喻矣。以琴瑟之悅，擬好色之愿，以鐘鼓之樂【上博一·孔 14】

因楚簡「𡥇」、「𢀪」、「𢀪」字所從「巳」部件，有「巳」、「已」、「己」部件同形的可能，故其考釋可分作「巳」、「已」、「己」三大類：

---

〔註104〕劉彬徽等，《包山楚墓·包山二號楚墓簡牘釋文與考釋》注 394，北京：文物出版社，1991 年。

〔註105〕何琳儀，《戰國古文字典》，63 頁，北京：中華書局，1998 年。

〔註106〕案：即《上博一·孔子詩論》常提的〈關雎〉、〈樛木〉、〈漢廣〉、〈鵲巢〉四章。

## 1. 從「巳（邪母之部）」說

① 馬承源認爲當是從「巳」聲的假借字。《關雎》是賀新婚之詩，當讀爲「怡」，「怡」、「攺」雙聲疊韻。《說文》釋怡爲「和也」。《爾雅‧釋詁》云：「樂也」。《玉篇》釋作「樂也」。「怡」當指新人心中的喜悅。〔註107〕

② 周鳳五釋「嫛」。〔註108〕

③ 朱淵清也釋「嫛」，認爲與「怡」義近。〔註109〕

④ 許子濱釋「攺」，從「巳」聲、讀「哀」。〔註110〕

## 2. 從「已（余紐之部）」說

① 曹峰將它當作「已」的假借字，訓爲「止」，與《荀子‧大略》：「國風之好色也，傳曰，盈其欲而不愆其止」義相當，楊倞注：「好色，謂關雎樂得淑女也。盈其欲，謂好仇，寤寐思服也。止，禮也。欲雖盈滿而不敢過禮求之。此言好色人所不免，美其不過禮也。」〔註111〕

② 趙建偉也訓爲「安止」、「歸止」。〔註112〕

## 3. 從「己（見紐之部）」說

① 饒宗頤說：「或謂許書之攺即㚲，初無二致。如是從巳亦可借爲從己之改，以音同論之，疑改可能借爲㚲，合㚲所以示夫妻之義，成男女之別，爲禮之大體，示敬慎重正而親之，故㚲字訓謹身有所承。關雎之攺似可讀爲關雎之㚲」。〔註113〕

---

〔註107〕馬承源主編，《上海博物館藏戰國楚竹書一》，139 頁，上海古籍出版社，2001 年 11 月。

〔註108〕周鳳五，〈孔子詩論新釋文及註解〉，154 頁，《上博館藏戰國楚竹書研究》，上海書店，2002 年。

〔註109〕朱淵清，〈從孔子論《甘棠》看孔門《詩》傳〉，《上博館藏戰國楚竹書研究》，上海書店，2002 年。

〔註110〕許子濱，〈讀《上海博物館藏戰國楚竹書（一）》小識〉，《新出楚簡與儒學思想國際學術研討會》，2002 年 3 月 31 日～4 月 2 日。

〔註111〕曹峰，〈試析上博楚簡孔子詩論中有關關雎的幾支簡〉，簡帛研究網，2001 年 12 月 26 日。

〔註112〕趙建偉，〈上博簡拾零〉，簡帛研究網，2003 年 7 月 6 日。

〔註113〕饒宗頤，〈竹書《詩論》小箋〉，《上博館藏戰國楚竹書研究》，上海書店，2002 年。

除上述三大類外，更多學者就「⿰⿱宀已攴」的字形釋作「改」（案：從「已」），贊成此說者有李學勤、廖名春、俞志慧、姜廣輝、刑文、鄭玉珊等人。〔註114〕

案：古文字「巳」、「已」二字因爲字形同源、尙未分化而同形，且楚簡「己」字會因訛誤而與「巳」、「已」同形，所以《上博一・孔子詩論》「⿰⿱宀已攴」、「⿰已攴」、「⿰已攴」等字所從的「巳」形部件，無論從「巳」、「已」、「己」考慮，都是合理的。

但筆者還是決定採用主流說法，將《上博一・孔子詩論》「⿰⿱宀已攴」、「⿰已攴」、「⿰已攴」等字釋爲「改」，因爲楚簡「⿰⿱宀已攴」字明顯從「攴」部件，就字形而言，直接用「改」義釋讀即可。

且使用「改」義可同時解釋《上博一・孔子詩論》簡10「《關雎》之⿰已攴」、「《關雎》吕色俞於豊」，簡11「《關雎》之⿰已攴，則其思益矣。」簡12「☑好，反内於豊，不亦能⿰已攴乎？」等句。曾經做過解釋的有廖名春、俞志慧、姜廣輝、刑文、王志平、鄭玉珊等人。〔註115〕因爲《關雎》之改的依據是「禮」，所以才能「樂而不淫，哀而不傷」，〔註116〕與《毛詩》序「發乎情，止乎禮義」〔註117〕和「愛在進賢，不淫其色。哀窈窕，思賢才」相合。〔註118〕且既然用「改」義即可訓解詩義，拙意認爲就不需要再依照王志平的說法，將「改」

---

〔註114〕 李學勤，〈孔子、卜子與詩論簡〉，2001年4月14日。廖名春，〈上博簡關雎七篇詩論研究〉，未刊稿。俞志慧，〈孔子詩論五題〉，《上博館藏戰國楚竹書研究》，上海書店，2002年。姜廣輝，〈三讀古詩序〉，《國際簡帛研究通訊》，第2卷第4期，2002年3月。刑文，〈說《關雎》之「改」〉，《新出楚簡與儒學思想國際學術研討會》，2002年3月31日～4月2日。季旭昇主編，《上海博物館戰國楚竹書一讀本》，33頁，臺北：萬卷樓，2004年6月等。

〔註115〕 李學勤，〈孔子、卜子與詩論簡〉，2001年4月14日。廖名春，〈上博簡關雎七篇詩論研究〉，未刊稿。俞志慧，〈孔子詩論五題〉，《上博館藏戰國楚竹書研究》，上海書店，2002年。姜廣輝，〈三讀古詩序〉，《國際簡帛研究通訊》第2卷第4期，2002年3月。刑文，〈說《關雎》之「改」〉，《新出楚簡與儒學思想國際學術研討會》，2002年3月31日～4月2日。王志平，〈《詩論》箋疏〉，《上博館藏戰國楚竹書研究》，上海書店，2002年。季旭昇主編，《上海博物館戰國楚竹書一讀本》，33頁，臺北：萬卷樓，2004年6月等。

〔註116〕 刑文，〈說《關雎》之「改」〉，《新出楚簡與儒學思想國際學術研討會》，2002年3月31日～4月2日。

〔註117〕 俞志慧，〈孔子詩論五題〉，《上博館藏戰國楚竹書研究》，注49，上海書店，2002年。

〔註118〕 季旭昇主編，《上海博物館戰國楚竹書一讀本》，33頁，臺北：萬卷樓，2004年6月。

字讀爲「述」或「求」。〔註119〕

　　楚簡「巳」、「已」、「己」三字同形的現象，還可說明《易經‧革卦》卦辭「革：巳日乃孚，元亨，利貞，悔无。初九，鞏用黃牛之革。六二，巳日乃革之，征吉，无咎」〔註120〕的「巳」字，爲何兼有「已、己、巳」三說。但是《上博三‧周》簡47作「革：改日乃孚，元永貞，利貞，咥无。初九，鞏用黃牛之革。六二，改日乃革之，征吉，无咎」，證明《易經‧革卦》「巳日乃孚」的「巳」字，也可能爲「改」字，所以邢文解釋「巳日」爲「改革之日」。〔註121〕

# 第四節　「凡」、「井」同形

　　凡、井本是兩個音義完全不同的字，凡，《說文》：「凡，括而言也。從二，二、耦也。」井，《說文》：《說文》：「井，八家爲一井。象構韓形，●，甕象也。古者伯益初作井。」但是金文「凡」、「井」會因彼此形近訛誤、簡省而同形。

## 一、同形字字形舉隅

| 凡 | 井 |
|---|---|
| 凡 集 04322 㝬簋 | 井 集 00908 強伯甗 |
| 凡 集 02838 曶鼎 | |
| 井 集 04466 辟比盨 | |
| 凵 集 10176 散氏盤 | |
| 凡 集 10176 散氏盤 | |
| 井 集 02835 多友鼎 | |

## 二、同形字辭例舉隅

### （一）「凡」字辭例

　　1. 凡百又卅又五款。【04322㝬簋，西周中期】

---

〔註119〕王志平，〈《詩論》箋疏〉，《上博館藏戰國楚竹書研究》，上海書店，2002年。

〔註120〕馬承源主編，《上海博物館藏戰國楚竹書三》，199頁、242頁，上海古籍出版社，2003年12月。

〔註121〕邢文，〈說《關雎》之「改」〉，《新出楚簡與儒學思想國際學術研討會》，2002年3月31日～4月2日。

2. 迺或即訾：「用田二又臣□□，凡用即訾七田，人五夫。」【02838 訾鼎，西周中期】

3. 凡復友復友駒比田十又三邑。【04466駒比盨，西周晚期】

4. 凡十又五夫正履。【10176 散氏盤，西周晚期】

5. 凡散有嗣十夫。【10176 散氏盤，西周晚期】

6. 凡以公車折首二百又□又五人。【02835 多友鼎，西周晚期】

## （二）「井」字辭例

1. 彊伯作井姬用甗。【00908彊伯甗，西周中期】

## 三、同形原因析論

金國泰說：「以周初彊伯一人爲井姬所作器觀之，甗作 ☷，鼎銘作 井，尊作 ☷，其中有無圓點者互見，皆寫『井姬』一名而無所區別。」〔註122〕

案：爲考釋金文《集》00908「☷」字的釋讀，筆者先將 1974 年陝西寶雞市茹家莊 2 號墓出土，與「井姬」相關的金文字形和辭例羅列於下：

| 字　形 | 辭　例 |
|---|---|
| 井 | 彊作井姬用鼎。【02192彊作井姬鼎，西周中期】 |
| ☷ | 彊伯作井姬☷鼎。【02278彊白作井姬鼎（獨柱帶盤鼎），西周中期】 |
| ☷ | 井姬【02676彊伯鼎，西周中期】 |
| ☷ | 伯作井姬用盂鐘。【05913彊伯井姬羊尊，西周中期】 |
| ☷ | 彊伯作井姬用甗。【00908彊伯甗，西周中期】 |

同一墓葬出土的「井姬」，所指應爲同一人，故《集》00908 號的「☷」字，應該是《集》02192「井」，和《集》05913「☷」字的簡省；與「凡」同形。

## 四、相關字詞形義析論

## （一）「佩」、「旁」二字形義析論

「佩」、「旁」二字在金文的字形和辭例如下：

1. 皇王對瘨身懋，賜☷佩，敢作文人大寶協龢鐘【00247瘨鐘，西周中期】

2. 頌拜頴首，受令，冊☷佩以出，返納瑾璋。【02827 頌鼎，西周晚期】

3. ☷旁厈作尊諆。【02071 旁鼎，西周】

---

〔註122〕金國泰，〈異體字的分化利用〉，《吉林師範學院學報》，1988 年 3～4 期。

4.〔周免〕{image}旁作父丁宗寶彝。【05922 周免旁父丁尊，西周中期】

佩，《說文》：「佩，大帶佩也。从人凡巾。佩必有巾故从巾，巾謂之飾。」高鴻縉和何琳儀都認爲「凡」是「佩」的聲符。〔註123〕

旁，《說文》：「旁，溥也。从二闕，方聲。」孫海波認爲「旁」，从凡方聲。〔註124〕馬敘倫認爲「旁」從日聲，即說文之凡。〔註125〕何琳儀認爲「旁」，從冂、方聲，冂聲化爲凡。〔註126〕

案：從金文「佩」、「旁」二字的字形，二字毫無疑問從「凡」部件，但是否從「凡」聲得參照相關古音裁定。

「佩（並紐之部）」字的聲符可能爲「凡（並紐侵部）」或「巾」，《金文編》1288 號說「巾」、「市」爲一字，《說文》：「市，韠也。上古衣蔽前而已，市以象之。韍，篆文市。」無論「巾（市）」或「韍」，古音皆在「幫紐月部」。因爲「凡」、「巾（市）」與「佩」，都是聲近韻遠，難以取捨，故待考。

「旁（並紐陽部）」字的聲符可能爲「凡（並紐侵部）」或「方（幫紐陽部）」，因「旁」、「方」聲近韻同，故「旁」字從「方」聲。

# 第五節　「廾」、「揚」同形

廾、揚是兩個音義完全不同的字，廾，《說文》：「廾，持也，象手有所廾據也，讀若戟。」揚，《說文》：「揚，飛舉也。從手，昜聲。」但金文「揚」字卻會因爲簡省，而與「廾」字同形。

## 一、同形字字形舉隅

| 廾 | 揚 |
|---|---|
| {image}集 04330 沈子它簋蓋 | {image}集 04341 班簋 |

---

〔註123〕高鴻縉，《頌器考釋》，41 頁；金詁 1062 號。何琳儀，《戰國古文字典》，122 頁，北京：中華書局，1998 年。

〔註124〕孫海波《甲骨文編》7，北京：中華書局，1965 年。

〔註125〕馬敘倫，《讀金契刻詞》，75 頁旁鼎，1962 年；金詁 8 號。

〔註126〕何琳儀，《戰國古文字典》，717 頁，北京：中華書局，1998 年。

## 二、同形字辭例舉隅

### （一）「孖」字辭例

1. 它曰：拜韜首，敢畋卲告，朕吾考令乃鵰沈子作緟于周公宗，陟二公，不敢不緟。休同公，克成妥吾考以于顯顯受令。烏虖，唯考雙叉念自先王先公，酒妹克衣告剌成功。叔，吾考克淵克，乃沈子其顨襄多公能福。烏虖，乃沈子妹克蔑見猒于公，休沈子肇戰孫賈酉。作丝簋，用龡卿己公，用佫多公，其孖哀乃沈子它唯福，用水霝令，用妥公唯壽，它用襄狄我多弟子、我孫，克又井勸懿父酒□子。【04330 沈子它簋蓋，西周早期】

### （二）「揚」字辭例

1. 唯八月初吉在宗周甲戌，王令毛伯更虢城公服，甹王立，作四方瓪，秉緐、蜀、巢令，賜鈴、鏊，咸。王令毛公以邦冢君、徒馭、戩人伐東或痛戎，咸。王令吳伯曰：以乃師左从毛父。王令呂伯曰：以乃師右从毛父。遣令曰：以乃族從父征，徣城，衛父身，三年靜東或，亡不成，眈天畏，否畀屯陟。公告厥事于上：唯民亡徣才，彝杢天令，故亡，允才顯，唯敬德，亡酒違。班拜韜首曰：烏虖，丕柸孖（揚）皇公受京宗懿釐，毓文王王，王始聖孫，隥于大服，廣成厥工，文王孫亡弗襄井，亡克競厥剌，班非敢覓，唯作卲考爽，益曰大政，子子孫多世其永寶。【04341 班簋，西周中期】

## 三、同形原因析論

　　孖，《集》04330 沈子它簋蓋「孖哀」，《銘文選》81 號讀作「慈愛」。孖，見紐，慈從丝，中山王嚳壺銘「慈愛」作「幾愛」，從丝聲字古亦在見紐，如幾、饑諸字。以音韻言當假爲「慈愛」字。哀，假作愛，《釋名‧釋言語》：「哀，愛也，愛乃思念之也。」劉雨釋作「孖哀」，〔註 127〕張亞初釋作「孖哀（愛）」。〔註 128〕

---

〔註 127〕中國社科院考古所，《殷周金文集成釋文》，香港：中文大學，2001 年 10 月第 1 版。

〔註 128〕張亞初，《殷周金文集成引得》，北京：中華書局，2001 年 7 月第 1 版。

揚，《集》04341 班簋的「㞢」字，《銘文選》168 號釋作「揚」字，但劉雨、張亞初皆釋作「㸚」字。〔註129〕

案：《集》04341 班簋「丕杯㸚皇公受京宗懿釐」的「㸚」，從金文常見的「揚」字辭例判斷，將「㸚」釋「揚」的可能的。如《集》04341 班簋「㸚+皇公」的辭例，可和《集》00092 虡鐘「揚+天子」、《集》00102 邾公牼鐘「揚+君」、《集》00272 叔尸鐘「揚+朕辟皇君」等相對照，可見作器稱揚的對象可為「天子」、「君」、「皇君」等。所以將《集》04341 班簋「㸚+皇公」的「㸚」字釋「揚」，說明稱揚對象為「皇公」是可理解的。

又如《集》04341 班簋「丕杯+㸚+皇公」，這種用「丕」修飾稱揚對象的辭例，可和《集》00187 汈其鐘「梁其敢對天子丕顯休揚」、《集》02812「望敢對揚天子丕顯魯休」、《集》02833 禹鼎「敢對揚武公丕顯耿光」、《集》02836 大克鼎「克拜頷首，敢對揚天子丕顯魯休，用作朕文祖師華父寶鼎彝」等辭例相對照。尤其是《集》02813 師奎父鼎（寶父鼎）「對揚天子丕杯魯休」、《集》02820 善鼎（宗室鼎）「對揚皇天子丕杯休」，連續用「丕杯」修飾稱揚對象的偉大，更可和《集》04341 班簋「丕杯+㸚+皇公」相對照，證明《集》04341 班簋「㸚」字確有釋「揚」的可能。

當然最重要的是為何金文「揚」字可簡省作「㸚」形，「揚」為金文常見字，當它出現時多作「稱揚某人」義使用，在固定辭例制約下，其異體甚多，最繁複的寫法，包含「㸚」、「玉」、「日」三部件，吳大澂解釋為執「玉」以朝「日」，「日」為「君」，〔註130〕如《集》02761 作冊大方鼎（西周早期）「揚」字作「㫐」，辭例為「大揚皇天尹大保寈」，但是「揚」字簡省方式很多如：

1. 省「玉」部件
   ① 令對㫐揚王休【02803 令鼎（大蒐鼎、耤田鼎、諆田鼎），西周早期】
   ② 敢對㫐揚王休【04208，段簋（畢敦、畢中孫子敦、畢段簋），西周中期】
   ③ 昚對㫐揚王休【04194 昚簋（丁卯簋、友簋），西周中期】

---

〔註129〕中國社科院考古所，《殷周金文集成釋文》，香港：中文大學，2001 年 10 月第 1 版。張亞初，《殷周金文集成引得》，北京：中華書局，2001 年 7 月第 1 版。

〔註130〕吳大澂，《古籀補》，68 頁，1884 年；金詁 1522 號。

2. 省「日」部件

　　①　ᵱ揚見事于彭【02612 玞方鼎（揚鼎、玞作父庚鼎），西周早期】

3. 省「玉」、「玉」部件

　　①　對ᵱ揚天子厥休【04271 同簋，西周早期】

　　②　貉子對ᵱ揚王休【05409，貉子卣，西周早期】

　　③敃對ᵱ揚王休【04166 敃簋，西周】

　　而《集》04341 班簋「丕杯玉皇公受京宗懿釐」的「玉」字，可當作第 4
種省「玉」、「日」部件的寫法。

　　故《集》04330 沈子它簋蓋的「玉哀」，無論是否讀作「慈愛」，都是將「玉」
字釋「玉」，而《集》04341 班簋的「玉」字則依照文例釋「揚」，字形從「揚」
字省略，金文「玉」、「揚」為一組「同形字」。

　　金文「玉、揚」同形，就像陳偉武所舉金文「吉、士」同形，〔註131〕金文
「吉」字會簡省作「士」，與「士」同形，例證有《集》00095臧孫鐘、《集》02656
伯吉父鼎、《集》10271 番🔲🔲匜等，辭例皆為「初吉」。陳韻珊認為吉之為士，
和年之為禾，孔之為子，師之為帀一樣，都屬於「省形相混」之例證，而這些
例子之所以不會對文義辨識形成障礙，因為它們都出現在一些習用熟語上，如
吉金、萬年、孔皇、大師等。〔註132〕

　　筆者舉金文「玉、揚」同形之例，說明此「簡省同形」的現象，雖僅有孤
例，但筆者仍將它獨立成節，因此是一組前人未曾討論之「部件簡省同形」的
例證。

## 第六節　「氒」、「人」、「匕」、「又」同形

　　氒、人、匕、又是四個音義完全不同的字；氒，《說文》：「氒，木本也。從
氏丁，本大於末也，讀若厥。」人，《說文》：「ᦧ，天地之性最貴者也。象臂、
脛之形。」匕，《說文》：「ᒣ，相與比敘也，從反人。」又，《說文》：「ᒣ，手
也，象形。」但是金文「氒」、「人」、「匕」、「又」，卻會因彼此形近訛誤而同形。

〔註131〕陳偉武，〈戰國秦漢「同形字」論綱〉，《于省吾教授百年誕辰紀念文集》，長春：
　　　　吉林大學出版社，1996 年 9 月。

〔註132〕陳韻珊，〈文字學中形借說的檢討〉，《大陸雜誌》78：2，1989 年 2 月。

## 一、同形字字形舉隅

| 毕 | 人 | 匕 | 又 |
|---|---|---|---|
| 入 集 04140 大保簋<br>ヲ 集 02807 大鼎 | ヲ 集 10176 散氏盤 | ヲ 集 00979 仲枏父匕<br>入 集 02246 木工冊作<br>匕戊鼎 | ヲ 集 04269 縣妃簋 |

## 二、同形字辭例舉隅

### （一）「毕」字辭例

1. 王伐彔子聽，叡，毕反。王降征令于大保，大保克敬亡譴。王侃大保，賜休余土，用丝彝對令。【04140 大保簋，西周早期】

2. 唯十又五年三月既霸丁亥，王在蠶侲宮，大以毕友守。王饗醴，王呼膳夫騂召大以毕友入伐。王召走馬雁令取騅鷗卅二匹賜大，大拜頴首，對揚王天子丕顯休，用作朕烈考己伯盂鼎，大其子子孫孫萬年永寶用。王在蠶侲宮，大以毕友守。【02807 大鼎（己白鼎），西周中期】

### （二）「人」字辭例

1. 用矢撲散邑，乃即散用田。履：自瀗涉以南，至于大沽，一封，以陟；二封，至于邊柳，復涉瀗，陟雺叡邊陜以西，封于播城桼木，封于芻逨，封于芻逨，內陟芻，登于厂原，封割梐、陜陵、剛梐，封于單道，封于原道，封于周道，以東封于▨東疆右，還，封于履道，以南封于▨逨道，以西至于堆莫，履井邑田，自根木道左至于井邑封，道以東一封，還，以西一封，陟剛三封，降以南封于同道，陟州剛，登梐，降棫，二封。矢▨人有嗣履田：鮮、且、散、武父、西宮襄、豆▨人虞丂、彔貞、師氏、右眚、小門▨人繇、原▨人虞芳、淮嗣工虎、孝龠、豐父、堆▨人有嗣荆丂，凡十又五夫；正履矢舍散田，嗣土逆□、嗣馬單▨、邦▨人嗣工騂君、宰德父；散▨人小子履田：戎、散父、教㯟父、襄之有嗣橐、州㝬、㤅選騳，凡散有嗣十夫，唯王九月辰在乙卯，矢卑、鮮、且、舜、旅誓曰：我既付散氏田器，有爽，實余有散氏心賊，則爰千罰千，傳棄之。鮮、且、舜、旅則誓，迺卑西宮襄、武父誓曰：我既付散氏隰田、畛田，余又爽㝂，爰千罰千。西宮襄、武父則誓。▨厥爲圖，矢王于豆新宮東廷，▨厥左執要，史正中農。【10176 散氏盤，西周晚期】

（三）「匕」字辭例

1. 仲枏父作匕，永寶用。【00979 仲枏父匕，西周中期】
2. 〔木工冊〕作鸞匕（妣）戊。【02246 木工冊作匕戊鼎，西周早期】

（四）「又」字辭例

1. 唯十又二月既望辰在壬午。【04269 縣妃簋，西周中期】

## 三、同形字辭例說明

（一）「厾」字辭例說明

《爾雅・釋言》：「厥，其也」，「厾」字在金文作「代名詞」用。

辭例 1《銘文選》認爲「厾反」爲「彔子耴（聽）」的反叛，作補語，補充說明上句王伐的原因。

辭例 2《銘文選》認爲「厾友」爲「他的僚友」。

（二）「人」字辭例說明

《集》10176 散氏盤（西周晚期）有諸多「人」字用例，其字形和「厾」字非常相似，可參看下表：

| 字　例 | 字　　形 |
|---|---|
| 人 | 矢■人、豆■人、小門■人、原■人、㵚■人、邦■人、散■人 |
| 厾 | ■厥爲圖，矢王于豆新宮東廷，■厥左執要，史正中農。 |

但是從矢人、豆人、小門人、原人、㵚人、邦人、散人等辭例，可清楚得知這類字，還是只能作「人」義理解。

（三）「匕」字辭例說明

辭例 1「匕」指古代一種取食的器具，段玉裁注：「匕即今之飯匙也。」

辭例 2「匕」、「妣」皆「幫紐脂部」字，甲骨文、金文常借「匕」字表示親稱「妣」。妣，《說文》：「𡛀，殁母也。從女，比聲。」《釋名・釋喪制》：「母死曰妣。」《禮記・曲禮》：「生曰父曰母曰妻，死曰考曰妣曰嬪」，可指祖母或祖母輩以上的女性祖先。《詩・小雅・斯干》：「似續妣祖」，鄭玄箋：「妣，先妣姜嫄也。」

（四）「又」字辭例說明

《集》04269 縣妃簋「唯十又二月既望辰在壬午」的「十又二月」，即「十

二月」。此用法可參考《集》00204 克鐘「唯十又六年九月初吉庚寅」，00270 秦公鎛「十又二公不墜在上」，00271 鎛鎛（齊侯鎛）「又九十又九邑」，02656 吉伯父鼎「唯十又二月初吉」，02781 寓鼎「唯十又二月丁丑」，02719 公冒鼎「唯十又一月初吉壬午」等。

## 四、「𠂤」字本義和同形原因析論

「𠂤」字本義，郭沫若認為即「矢栝」字之初文也，《說文》：「栝，櫽也。從木、昏聲。一曰：矢栝、櫽弦處。」栝從昏聲，昏又從𠂤省聲，故栝𠂤同音，矢栝櫽絃處之栝，此𠂤字也。古矢栝之形近始為羅振玉所發現，其《貞松堂集古遺文》卷十二·二十七箸錄矢括三器均有𠂤字，今撫其第二器如次，甲為原圖，乙視其無字之面而橫置之，認為乙圖為「𠂤」字所象之形。

圖甲　　　　　　　　圖乙 〔註133〕

季旭昇認為郭沫若以𠂦為栝之初文，與《說文》栝之釋形合，又有古器物之證，當可從。〔註134〕

人，金文《集》09710 曾姬無卹壺作「𠂤」，辭例為「聖趄之夫人曾姬無卹」。

匕，金文《集》00980 魚鼎匕作「𠂤」，辭例為「曰沓有蚩匕」。《集》00972 微伯癲匕作「𠂤」，辭例為「微伯癲作匕」。

又，金文《集》00085 楚王酓章鎛作「𠂤」，辭例為「唯王五十又六祀」。

可見金文「𠂤、人」、「𠂤、匕」、「𠂤、又」，皆因彼此形近訛誤而同形。

## 五、相關字詞析論

若以「𠂤」作「𠂦」形為基礎，有些部件同形和形似的現象可討論。

## （一）從眉脒鼎「𠂤」和斛半關量「𠂤」析論金文「𠂤」、「斗／升」部件同形現象

金文「半」字，《集》02103 眉脒鼎（戰國）作「𠂤」，辭例為「賮脒一斗半。」《集》10365斛半關量（戰國）作「𠂤」，辭例為「□半关」。〔註135〕此「半」

---

〔註133〕郭沫若，《金文叢考》，250 頁，日本：文求堂書店，1932 年 7 月初版。

〔註134〕季旭昇，《甲骨文字根研究》，449 號，臺灣師範大學國文所博士論文，1990 年。

〔註135〕張日昇解釋关當讀䐆，言其器容半斗有餘。（金詁 323 號）

字下部所從和「罕（又）」部件同形。

　　金文「半」字寫法有五，先將其字形和辭例羅列於下：

　　1. 西元器一斗七升少❖半升【04315 秦公簋，春秋早期，銘文漢刻】

　　2. 十三年，梁陰命率上官冢子疾、冶❖鑄，容❖半。【02590 十三年上官
　　　　鼎，戰國晚期】

　　3. 關鋣節于稟❖半【10374 子禾子釜，戰國】

　　4. 贅脒一斗❖半。【02103 眉脒鼎，戰國】

　　5. ❖ ❖ 半关【10365 斝半关量，戰國】

　　6. 公鋣❖半石【10380 公鋣權，戰國】

　　筆者以爲「半」字寫法雖有五種，其實可概括分爲兩大類，一是從「牛」，
二是從「斗」或「升」，其餘從「罕形」或從「夊形」部件的寫法，應皆是從「斗
／升」部件簡省、訛誤所致。

## （二）從䚗比盨「❖」字析論金文「罕」、「夊」部件同形現象

　　金文《集》04466䚗比盨（西周晚期）有很多「复」和「復」字，完整辭例
爲：

> 唯王廿又五年七月□□□□，□在永師田宮，令小臣成友逆□□內
> 史無㝱、大史旟曰：賞❖厥❖夫❖䚗比田，其邑❖、❖、❖，❖复友䚗比
> 其田，其邑❖复、❖，言二邑。昗䚗比❖小宮❖䚗比田，其邑彶眔句商兒
> 眔雦戈。❖復限余䚗比田，其邑兢、㮤、甲三邑，州、瀘二邑，凡❖復
> ❖友❖復友䚗比田十又三邑，❖厥右䚗比善夫❖，鬲比作朕皇且丁
> 公、文考虫公盨，其子子孫永寶用〔❖〕。

　　《集》04466䚗比盨「昗䚗比❖小宮❖䚗比田」，劉雨釋作「昗䚗比复小宮❖䚗比
田」，[註136]《銘文選》、張亞初釋作「昗䚗比复厥小宮❖䚗比田」；[註137] 差別
在「❖」究竟是「复」字，或是「复厥」二字。《銘文選》將「昗䚗比复厥小宮
❖䚗比田」解釋爲「䚗比還給小宮的田仍贈與䚗比」，「昗」字「贈與」義；「复」
即「復」，歸還義，《小爾雅·廣言》：「復，還也」。將辭例詞性對比參看，「昗䚗

---

[註136] 中國社科院考古所，《殷周金文集成釋文》，香港：中文大學，2001 年 10 月第 1
　　　版。

[註137] 張亞初，《殷周金文集成引得》，北京：中華書局，2001 年 7 月第 1 版。

比复小宮」會比「昊⿰鬲斗比复厥小宮」更佳，因爲「⿰鬲斗比」、「小宮」皆是人名，「⿰鬲斗比」前無加代名詞「氒」，「小宮」前應也無代名詞「氒」，且不加「氒（厥）」這個代名詞也可通讀辭例，故拙意認爲金文《集》04466⿰鬲斗比盨「🔲」字爲「复」的可能性較大。

若是金文《集》04466⿰鬲斗比盨「🔲」字爲「复」的假設成立，則同樣都是《集》04466⿰鬲斗比盨其他「復」字作「🔲」或「🔲」，「復」、「复」二字皆從「夂」部件。〔註138〕金文「復」、「复」所從「夂」部件，會因簡化、訛變成「氒」部件，造成金文「氒」、「夂」部件同形。

## （三）《上博一・紂衣》簡15「🔲」字析論

《上博一・紂衣》簡15「故上不可以褻刑而輕🔲」的「🔲」字，《郭店楚簡》作「雀」，今本作「爵」。〔註139〕

「🔲」字所從的「少（書紐宵部）」部件，與「雀（精紐藥部）」、「爵（精紐藥部）」聲同爲齒音，韻「宵」、「藥」對轉，所以《上博簡》「🔲」字，《郭店楚簡》作「雀」，今本作「爵」。

而本段討論重點在於「🔲」字所從「入」部件，先看各家說法：

1. 陳偉認爲此字外部從「斗」，應作「🔲」，是「爵」字的異體。〔註140〕

2. 馮勝君認爲在參考戰國文字中「斗」的寫法後，認爲此字從斗少聲，是「爵」的一種異寫。爵是一種酒器，以斗爲意符，十分合理。〔註141〕

3. 徐在國、黃德寬說認爲此字全形是「爵」的一種省寫，如縣妃簋、觴仲多壺、觴姬簋等之「爵」字下部，故徑將此字隸定作「爵」即可。〔註142〕

---

〔註138〕復，《說文》：「往來也。從彳复聲。」复，《說文》：「行故道也。从夂畐省聲。」

〔註139〕馬承源主編，《上海博物館藏戰國楚竹書一》，191頁，上海古籍出版社，2001年11月。

〔註140〕陳偉，〈上博、郭店二本《緇衣》對讀〉，《上博館藏戰國楚竹書研究》，上海書局，2002年。《郭店竹書別釋》，41頁，武漢：湖北教育出版社，2003年1月。

〔註141〕馮勝君，〈讀上博簡緇衣箚記二則〉，《上博館藏戰國楚竹書研究》，上海書局，2002年。

〔註142〕徐在國、黃德寬，〈《上海博物館戰國楚竹書（一）・緇衣、性情論》釋文補正〉，《古籍整理研究學刊》，2002年第2期。

4. 黃錫全懷疑此字類似「斗」的形體，既非從「㲋」，也非從「斗」，而是「爵」的變形，由金文𤔲等形省變。〔註143〕

5. 姜廣輝贊成原書的隸定隸定作「㸯」，〔註144〕其說爲：「此字是個從氏從十（木省）、由少得聲的形聲字。『氏』所以別貴賤，表示爵位有『世卿世祿』的味道；『十（木省）』爲木本，本大則枝蕃而庇廣，此字是『爵』的專字，後來這個具濃重血統論的本字廢而不用，而改用假借字『爵』。」〔註145〕

6. 季旭昇認爲《上博一・緇衣》簡15的「爵」字應釋爲從「斗」、「爵」省聲。〔註146〕

案：從上述楚簡「𤔲」字從「入」部件的相關考釋中，因爲《郭店楚簡》作「雀」，今本作「爵」，筆者原本贊成徐在國、黃德寬、黃錫全的說法，「𤔲」字所從「入」部件即「㲋」字，從「爵」省，方可與《郭店楚簡》「雀」，今本「爵」相對照。但季旭昇建議「伯公父爵」與「斗」器形相同，在「斗」、「㲋」同形的前提下，採「斗」說較有意義。

## （四）金文、楚簡「㲋」、「氏」形似現象析論

針對《上博一・紵衣》簡15「故上不可以褻刑而輕𤔲」的「𤔲」字，雖然筆者並未採用姜廣輝對「𤔲」字所從「入」部件爲「氏」的說法，但是他將「𤔲」字所從「入」部件釋爲「氏」的想法，具有討論價值，因爲「㲋」、「氏」二字形體相近似，從《說文》將「㲋」字分析爲「從氏丁」，或是金文、楚簡的一些例證，皆可說明「㲋」、「氏」二字的關係密切。

下表爲金文「㲋」、「氏」形似例：

〔註143〕黃錫全，〈讀上博楚簡札記〉，《新出楚簡與儒學思想國際學術研討會》，2003 年 3 月 31 日～4 月 2 日。

〔註144〕馬承源主編，《上海博物館藏戰國楚竹書一》，191 頁，上海古籍出版社，2001 年 11 月。

〔註145〕姜廣輝，〈釋𤔲〉《國際簡帛研究通訊》，14～15 頁，第 2 卷第 4 期，2002 年 3 月。又見姜廣輝，〈《上海博物館藏戰國楚竹書》（一）幾個古異字辨識〉，《新出楚簡與儒學思想國際學術研討會》，2002 年 3 月 31 日～4 月 2 日。

〔註146〕季旭昇，〈《上博・周易》零釋七則〉，簡帛研究網，2004 年 4 月 24 日。

| 氒 | 氏 |
|---|---|
| 集 00245 黿公華鐘<br>集 00424 姑馮昏同之子句鑃 | 集 10176 散氏盤 |

氒字辭例，《集》00245 黿公華鐘爲「唯王正月初吉乙亥，郱公華擇厥吉金，玄鏐赤鏞，用鑄厥龢鐘，以作其皇祖皇考，曰：余畢恭威忌淑穆，不墜于厥身，鑄其龢鐘，以卹其祭祀盟祀，以樂大夫，以宴士庶子。」《集》00424 姑馮昏同之子句鑃爲「唯王正月初吉丁亥，姑馮昏同之子擇厥吉金。」

氏字辭例，《集》10176 散氏盤爲「……旅誓曰：我既付散氏田器，有爽，實余有散氏心賊，則爰千罰千，傳棄之。鮮、且、罤、旅則誓，迺卑西宮襄、武父誓曰：我既付散氏隰田、畛田，余又爽讎，爰千罰千，傳棄之。鮮、且、罤、旅則誓，迺卑西宮襄、武父誓曰：我既付散氏隰田、畛田，余又爽讎，爰千罰千。西宮襄、武父則誓……」。

楚簡「氒」、「氏」形似例，如《上博一・紂衣》簡 15「集大命于身」，與之對應的《郭》3.37 作「其集大命于身」，今本《尚書・君奭》作「其集大命于厥躬」。裘錫圭認爲竹書多錯別字，似應將此「（氏）」字看作「（氒）」的誤字爲妥。〔註147〕

金文、楚簡「氒」、「氏」二字都存在著形近訛誤的可能，所以有些字詞的考釋會引發爭議，如《孔子詩論》簡 16「孔子曰：吾以《葛覃》得初之詩。」裘錫圭認爲「（氏）初」疑亦「厥初」之誤，〔註148〕但陳劍認爲「氏」讀爲「祗」，訓爲「敬」，猶言敬本、反本，〔註149〕此例似乎以陳劍的通讀較佳。

但是天星觀楚簡有一「柢」字，辭例爲「二鬵柢」、「□□柢二□□」，其相關考釋有三，1 滕壬生釋「科」，〔註150〕2 徐在國認爲此字從木、氒聲，應釋爲橛。《禮記・明堂位》：「俎用梡、橛」，橛是一種几案。〔註151〕3 李零釋「柢」，

〔註147〕裘錫圭，〈談談上博簡和郭店簡中的錯別字〉，《新出楚簡與儒學思想國際學術研討會論文集》，2002 年 3 月 21 日～4 月 2 日。

〔註148〕裘錫圭，〈談談上博簡和郭店簡中的錯別字〉，《新出楚簡與儒學思想國際學術研討會論文集》，2002 年 3 月 21 日～4 月 2 日。

〔註149〕陳劍，〈孔子詩論補釋一則〉，《國際簡帛研究通訊》第三期，2002 年 1 月。

〔註150〕滕壬生，《楚系簡帛文字編》，450 頁，武漢：湖北教育出版社，1995 年 7 月。

〔註151〕徐在國，〈讀《楚系簡帛文字編》札記〉，《安徽大學學報》，1998 年第 5 期。

〔註152〕雖然楚簡「杦」字最終因為辭例太殘，故無法判定孰是孰非，卻帶出楚簡「氐、氏、斗」，可能會因為同形而衍生字詞考釋的困難度，有關「氐、斗」二字同形所帶來字詞考釋的困難，下節還會討論。

# 第七節　「斗」、「氐」同形

斗、氐是兩個音義完全不同的字，斗，《說文》：「斗，十升也。象形有柄。」氐，《說文》：「氐，木本也。从氏丁，本大於末也，讀若厥。」但是金文「斗」、「氐」卻會因「氐」字繁化而與「斗」同形。

## 一、同形字字形舉隅

| 斗 | 氐 |
|---|---|
| 斗 集 04315 秦公簋 | 氐 集 10294 吳王夫差鑑 |
| 斗 集 02103 眉脒鼎 | |
| 斗 集 09977 土匀瓶 | |

## 二、同形字辭例舉隅

### （一）「斗」字辭例

1. 西元器一斗七升臏簋【04315 秦公簋，春秋早期】
2. 豐脒一斗半。【02103 眉脒鼎，戰國】
3. 土匀容四斗鍸。【09977 土匀瓶，戰國晚期】

### （二）「氐」字辭例

1. 吳王夫差擇氐吉金，自作御鑑。【10294 吳王夫差鑑，春秋晚期】

## 三、同形字辭例說明

### （一）「斗」字辭例說明

斗，量器，也作量詞。十升為一斗，十斗為一石。《漢書・律曆志上》：「十升為斗，斗者，聚升之量也。」

### （二）「氐」字辭例說明

氐，代名詞，《爾雅・釋言》：「厥，其也。」

---

〔註152〕李零，〈讀楚系簡帛文字編〉，《出土文獻研究》第五集，1999 年 8 月。

## 四、本義及同形原因析論

李孝定、林義光等皆贊成「🔲」字象「斗」形，〔註153〕需進一步討論的是「斗」字本義，各家說法有：

1. 高鴻縉說：「斗原非量名，乃挹注之器，有長柄，似杓而深，並如北斗七星之形，金文象其傾注，故口向下也。」〔註154〕

2. 張光裕認爲契文斗字像一個有柄的杓子，是一種挹酒的器物，並引《詩經‧大雅‧行葦》：「酌以大斗，以祈黃耇。」和《小雅‧大東》：「維北有斗，不可以挹酒漿」爲證。〔註155〕後來「斗」和「升」一起成爲量器單位。張光裕說：「到了戰國年間的金文（如眉脒鼎、秦公簋刻款，邵宮盂等）作爲量器單位的升斗專用字以後，才把它們嚴格的分開……在其他先秦文獻裡出現的斗字，我們也找不出有《說文》所謂十升爲斗的意義，西周的金文中，我們更看不到斗字的蹤影，可見它正式假借爲稱量單位的時間是相當晚的。而從彝器銘文的證明，升斗字的興起是在春秋末期以後的事」。〔註156〕

案：從斗（🔲）字在甲骨文的用法可證「北斗七星」說有理，辭例如《合》21344「月比斗」、21341「庚午卜，月，辛未比斗。一」、21346「癸未，月，甲比斗。一」。有關「月比斗」辭例的解說很多，因爲甲骨文「月／夕」、「比／從」、「斗／升」都有同形的機會，所以眾說紛紜，如《甲詁》按語認爲「月比斗」猶言「月犯斗」，若諸星犯斗，爲不祥之兆。〔註157〕石璋如則依照董作賓、馮時的意見，讀作「夕比斗」等。〔註158〕大家都往與天象（北斗七星）相關的方面去解釋，所以高鴻縉認爲「斗」象「北斗七星之形」，是有理的。

「斗」字本義爲「挹酒器」的可能大於「北斗七星」，因爲「挹酒器」是當時人日常具體使用器具，而「北斗七星」爲抽象天文觀念，筆者認爲具

---

〔註153〕李孝定，《甲骨文字集釋》，4103頁，1965年；甲詁3217號。林義光，《文源》，1920年；金詁1789號。

〔註154〕高鴻縉，《中國字例》2篇，129頁，1960年；金詁1789號。

〔註155〕張光裕，〈先秦泉幣文字辨疑〉，《中國文字》35；金詁1792號。

〔註156〕張光裕，〈先秦泉幣文字辨疑〉，《中國文字》35；金詁1792號。

〔註157〕甲詁3217號。

〔註158〕石璋如，〈「月比斗」與「夕比斗」〉，《古今論衡》7，2002年1月。

體常用「挹酒器」，應在抽象天文觀念前，故「斗」字本義比較可能爲「挹酒器」。

當「斗」是挹酒器時，器形和「勺」相近難分；當「斗」是量器時，器形和「升」相近難分，相關器形可參考下圖：

斗（河南安陽武官村北地出土）　　方勺（河南安陽殷墟婦好墓）　　商鞅方升（上海博物館藏）

金文「乒」字，《集》04140 大保簋作「入」，《集》02807 大鼎作「ʔ」，當金文「乒」字繁化加一橫飾筆，便會和「斗」字同形。

## 五、相關字詞析論

若以金文「斗（ʔ）」形爲基礎，還有若干部件同形和待考字值得討論。

### （一）從癲簋「䤴」字析論金文「斗」、「升」部件同形現象

金文《集》04170癲簋「其䤴祀大神」之「䤴」作「䤴」（從「斗」），而《集》00247癲鐘同樣「其䤴祀大神」之「䤴」作「䤴」（從「升」），筆者擬參照「斗」、「升」的古文字用法，作爲判定《集》04170 癲簋「䤴」字和《集》00247癲鐘「䤴」字釋讀的依據。

「斗」字的古文字用法，如《合》21344「月比斗」，「星象」；《集》04315秦公簋「西元器一斗七升膡簋」，「容量單位」；從無「祭祀」義。

而「升」字當「祭祀」義的用法卻不勝枚舉，茲條列幾則於下：

1. 甲申卜貞：武乙䤴升祊其牢。一【合 36106⑤】
2. 甲申〔卜〕囗〔貞〕武乙䤴升祊其牢。【合 36107⑤】
3. 唯四月初吉丁卯，王蔑䀙曆，賜牛三，䀙既拜䭫首，䀙升于厥文祖考，䀙對揚王休，用作厥文考尊簋，䀙眔厥子子孫永寶。【04194䀙簋（丁卯簋、友簋），西周中期】

辭例 1～2 甲骨文「䤴」字釋「升」的相關考釋，可參葉玉森、陳夢家、高鴻縉、季旭昇等人的說法，〔註 159〕筆者在此僅舉季旭昇的說法爲證：

〔註 159〕葉玉森，《殷契鉤沉》，6 葉，1933 年 12 月。陳夢家，《卜辭綜述》，470～471 頁，1956 年 7 月；甲詁 3220 號。高鴻縉，《中國字例》2 篇，309 頁，1960 年：金詁 1793 號。季旭昇，《甲骨文字根研究》，425 號，臺灣師範大學國文所博士論文，1990 年。

秦公簋升作 ⬚，辭云「□一斗七升大半升蓋」（蓋銘）。睡虎地秦簡作 ⬚【23.14】，辭云「不盈二升到一升」，釋升字無可疑，其字形亦與甲骨文 ⬚【《鄴》3.50.14】全同。是升之字形演化當如下：

⬚【《甲》550】→ ⬚【《鄴》3.50.14】→ ⬚【秦公簋】→ ⬚【《說文》】

升之本義尚難確定，然先秦典籍升多訓成，無訓十合者，升借為量詞，當在春秋之際（參斗部，張光裕說）……高鴻縉謂象挹物升起傾注之形，說形妥帖、協于經訓，當可從。〔註160〕

辭例 3 容庚引《呂氏春秋‧孟秋》：「農乃升穀」注：「升，進也。」〔註161〕于省吾引《儀禮‧士冠禮》：「若殺則特豚載合升。」鄭注：「在鼎曰升，在俎曰載。」解釋「進獻品物以祭」，均可謂之「升」。〔註162〕

所以《集》04170癲簋的「⬚」字，雖然從「斗」部件，但在對照《集》00247癲鐘「⬚」字寫法，和一般古文字僅「升」字可作「祭祀」義後，可以確定《集》04170癲簋的「⬚」字，比較可能釋作「升」。

其實「斗」、「升」二字的關係密切，雖然李孝定說：「古升、斗以點之有無別之，無點者為斗，有點者為升。」〔註163〕林義光也說：「升斗所象形同，因加一畫為別耳。」〔註164〕彼此似乎涇渭分明如下表：

| 字例 | 字形 | 辭例 |
|---|---|---|
| 斗 | ⬚ | 1. 西元器一斗七升臏簋【04315 秦公簋，春秋早期，銘文漢刻】 |
| 升 | ⬚ | 2. 唯四月初吉丁卯，王蔑眘曆，賜牛三，眘既拜誚首，升于厥文祖考，眘對揚王休，用作厥文考尊簋，眘眔厥子子孫永寶。【04194眘簋（丁卯簋、友簋），西周中期】 |
| | ⬚ | 3. 連迂之行升（鼾）。【02084 連迂鼎（殘耳），春秋】 |
| | ⬚ | 4. 西元器一斗七升臏簋【04315 秦公簋，春秋早期】 |

但柯昌濟說：「升斗同形」；〔註165〕于省吾說：「升、斗二字在古文字偏旁

---

〔註160〕季旭昇，《甲骨文字根研究》，臺灣師範大學國文所博士論文，425 號，1990 年。

〔註161〕容庚，《善齋彝器圖錄》，18 頁，1936 年；金詁 1793 號。

〔註162〕于省吾，《甲骨文字釋林》，37～38 頁，北京：中華書局，1979 年。

〔註163〕李孝定，《甲骨文字集釋》，4103 頁，1965 年；甲詁 3217 號。

〔註164〕林義光，《文源》，1920 年；金詁 1793 號。

〔註165〕柯昌濟，《韡華閣集古錄》，202 頁，1935 年；金詁 1793 號。

中往往互用無別」，〔註166〕即「斗」、「升」部件同形的現象仍存在。

先舉兩則「斗」、「升」通用無別的例證：

例證一、「牛」字既可如《集》02590 十三年上官鼎（戰國晚期）作「𢁰」（從「斗」），也可如《集》10374 子禾子釜（戰國）作「𤘈」（從「升」）。

例證二、「盨」字既可如《集》04443 虘白子陜父盨（春秋）作「𣔲」（從「斗」），也可如《集》04468 師克盨（西周晚期）作「𣔳」（從「升」）。當然「牛」、「盨」二字所從「斗」、「升」部件互換，也可用「義近形旁通用」解釋。

以下舉兩則運用「斗、升」部件同形考釋字的用例，如《集》10326，嗣料盆蓋（春秋）「嗣𥝩所東所持」的「𥝩」字，雖然「𥝩」字明顯從「升」部件，但卻要釋作從「斗」部件的「料」字，《說文》：「𥝩，量也。從米在斗中。讀若遼。」何琳儀說：「料，從米，從斗，會以斗量米之意。」〔註167〕

## （二）從曾姬無卹壺「𢕈」字析論金文「斗」、「夂」部件同形現象

金文《集》09710 曾姬無卹壺（戰國）「後」字作「𢕈」；辭例為「唯王廿又六年，聖趄之夫人曾姬無卹，吾安茲漾陵，告間之無𦙒，用作宗彝尊壺，後嗣用之，職在王室。」

後，《說文》：「𢔜，遲也。從彳幺夂，幺夂者後也。」甲骨文《合》25986 作「𢔜」，金文《集》06512 小臣單觶（西周早期）作「𢔝」、《集》09715 杕氏壺（春秋晚期）作「𢕈」，林義光分析「夋」字說：「幺，古玄字，繫也，夂象足形，足有所繫，故後不得前。」〔註168〕在在說明「後」與「夋」，其下部所從皆為「夂」。所以《集》09710 曾姬無卹壺（戰國）「𢕈」字從「斗」形部件，可證明金文「斗」、「夂」部件同形。

## （三）陳侯因資敦「𣄰」字析論

《集》04649 陳侯因資敦（戰國晚期）的完整辭例為：

唯正六月癸未，陳侯因資曰，皇考孝武趄公，龏哉大慕克成，其唯因資揚皇考，紹緟高祖黃帝，侎嗣趄文，朝𣄰問諸侯，合揚厥德，諸侯

---

〔註166〕于省吾，《甲骨文字釋林》，37～38 頁，北京：中華書局，1979 年。

〔註167〕何琳儀，《戰國古文字典》，317 頁，北京：中華書局，1998 年。

〔註168〕林義光，《文源》，1920 年，金詁218 號。

富薦吉金，用作孝武趠公祭器敦，以蒸以嘗，保有齊邦，世萬子孫、
永爲典常。

「朝🔲諸侯」的「朝🔲」，《銘文選》866 號讀若「朝問」，即「朝聘」，參《周禮·春官宗伯·大宗伯》：「時聘曰問」，《公羊傳·莊公四年》：「古時諸侯必有會聚之事，相朝聘之道」，《周禮·秋官司寇·大行人》：「凡諸侯之邦交，歲相問也」。

若將「🔲」字讀「問」，郭沫若認爲其文字構形爲「昏庸」之「昏」，讀爲「問」。張日昇認爲是「聞」字所從之省變。〔註 169〕

案：爲解決《集》04649 陳侯因育敦「🔲」字讀「問」的構形分析，先參照郭沫若、張玉昇的說法，將金文「昏」、「聞」二字的字形和辭例羅列於下：

1. 我🔲聞殷墜令，唯殷邊侯甸與殷正百辟，率肆于酒，故喪師。【02837 大盂鼎，西周早期】

2. 武征商，唯甲子朝歲鼎，克🔲昏夙又商。辛未，王在闌師，賜又事利金，用作旃公寶尊彝。【04131 利簋，西周早期】

3. 唯五年三月初吉庚寅，王在周師彔宮，旦，王格大室，即立，司馬共右諫入門，立中廷，王呼內史🔲冊命諫曰：先王既命汝艱司王宥，汝某不又🔲昏，毋敢不善，今余唯或司命汝，賜汝攸勒。諫拜諆首，敢對揚天子丕顯休，用作朕文考重伯尊簋，諫其萬年子子孫孫永寶用。【04285 諫簋，西周晚期】

4. 王曰：「父厝。今余唯肇經先王命，命汝乂我邦我家內外，擁于小大政，粵朕位，赫戲上下若否雩四方，尸毋動余一人在位，引唯乃知余非庸又🔲昏。汝毋敢荒寧，虔夙夕，惠我一人，雝我邦小大猷，毋折縅，告余先王若德，用仰昭皇天，申恪大命，康能四國，欲我弗作先王憂。」王曰：「父厝。雩之庶出入事于外，敷命敷政，藝小大楚賦。無唯正昏，引其唯王智，迺唯是喪我國，厤自今出入敷命于外，厥非先告父父厝。父厝舍命，毋又敢擁，敷命于外。」【02841 毛公鼎，西周晚期】

5. 唯十又八年十又二月初吉庚寅，王在周康穆宮，王令尹氏友、史趠典善夫克田人，克拜稽首，敢對天子丕顯魯休揚，用作旅盨，唯用獻于

〔註 169〕金詁 113 號。

師尹、朋友、🔲婚遘，克其用朝夕享于皇祖考，皇祖考其數數亹亹，降克多福，眉壽永令，畯臣天子，克其日賜休無疆，克其萬年，子子孫孫永寶用。【04465，善夫克盨，西周晚期】

6. 㠱季良父作🔲姒尊壺，用盛旨酒，用享孝于兄弟🔲婚媾諸老，用旂匄眉壽，其萬年霝終難老，子子孫孫是永寶。【09713 㠱季良父壺，西周晚期】

將上述🔲、🔲、🔲、🔲、🔲、🔲等字，和《集》04649 陳侯因𦡟敦「🔲」字比對，即可發現《集》04649 陳侯因𦡟敦的「🔲」字，可能從上述「聞」、「昏」等字簡省而來。

## 第八節　「也」、「号」同形

也，号是兩個音義完全不同的字，也，《說文》：「𠃟，女陰也。象形。」号，《說文》：「号，痛聲也。从口在丂上。」但是金文「也」、「号」卻會因彼此形近訛誤而同形。

### 一、同形字字形舉隅

| 也 | 号 |
|---|---|
| 🔲集 10008 欒書缶 | 🔲集 00321 曾侯乙鐘中三 1 |

### 二、同形字辭例舉隅

（一）「也」字辭例

1. 正月季春元日己丑，余畜孫書也，擇其吉金，以作鑄缶。【10008 欒書缶，春秋】

（二）「号」字辭例

1. 洹鐘之在晉号（號）爲六墉【00321 曾侯乙鐘中三 1】

### 三、同形字辭例說明

（一）「也」字辭例說明

《集》10008 欒書缶「也」字斷句有二，林清源斷爲「余畜孫書也，擇

其吉金」，「書也」是器主之名，所以器名應該改稱爲「書也缶」；〔註170〕黃
德寬斷爲「余，畜孫書也」，與《左傳》宣公十六年：「余，而所嫁婦人之婦
也」，哀公十四年：「余，長魋也」，十五年：「子，周公之孫也」等辭例相同。
〔註171〕

### （二）「号」字辭例析論

金文「也」、「号」是否同形，關鍵在於曾侯乙鐘「号」字的釋讀，先將其
字形和辭例羅列於下：

| 字　例 | 字　形 | 辭　例 |
|---|---|---|
| 号<br>（號） | 【字形】 | 1. 蕤賓之宮，蕤賓之在楚號爲坪皇【00287 曾侯乙鐘下一 2，戰國早期】 |
| | 【字形】 | 2. 姑洗之宮反，姑洗之在楚號爲呂鐘【00325 曾侯乙鐘中三 5】 |
| | 【字形】 | 3. 嬴孠之宮，嬴孠之在楚號爲新鐘【00322 曾侯乙鐘中三 2】 |
| | 【字形】 | 4. 洹鐘之在晉號爲六墉【00321 曾侯乙鐘中三 1】 |

從上表可知，曾侯乙鐘的「也／号」共有四種寫法，若是《集》00321 號
的「乚」字也讀作「号」，便會和《集》00321 欒書缶（春秋）的「乚（也）」字
同形。裘錫圭、李家浩根據字形、文義將曾侯乙鐘此類字釋「号」，其說爲：

> 号字在《説文》小篆中作号，秦詔版「號」字偏旁作号，與上引号很
> 相近，它們之的主要區別是字的正反不同。在古文字裡字的正反區
> 隔並不嚴格，如此字号、号兩種寫法的方向就是相反的。古隸和古文
> 字中的号字，中間也有做兩橫的，如馬王堆帛書《老子》甲本卷後
> 佚書《九主》篇「號」字偏旁和臨沂銀雀山漢簡的「号」字都作号。
> 江陵望山一號楚墓遣策有一種器名作号，也應是「号」字，疑讀爲
> 「號」。《説文·虍部》：「號，土鍪也。」這種號字的寫法與号相近。《史
> 記·陳涉世家》：「陳涉立爲王，號爲張楚。」但是據上引号的寫法看，
> 此字也有可能是也字，欒書缶也字作号（商周金文錄遺 514），信陽

---

〔註170〕林清源，《楚國文字構形演變研究》，246 頁，東海大學中文所博士論文，1997 年
12 月。

〔註171〕黃德寬，〈説也〉，《第三屆國際中國古文字學研討會論文集》，香港：中文大學，
1997 年 10 月。

簡作�，都與ㄝ相近，如果把這個字釋爲也，在鐘銘中就應屬上讀，

上引句式應讀爲「某律之在某國也，爲某律」。不過ㄝ的寫法在鐘銘

中僅一見，所以這個字是「号」的可能性比較大。〔註172〕

黃德寬則將曾侯乙鐘此類字釋「也」，其說爲：

> 從辭例看「某律之在某國△爲某律」，釋爲「也」符合古漢語的語法
> 習慣，古漢語「之」字句，在主謂結構中插入「之」字，成爲名詞
> 性詞組作主語，常與語氣詞「也」搭配使用。如：「夫子之在此也，
> 猶燕之巢於幕上。」（《左傳》襄公二十九年）、「湯之問棘也是矣」
> （《莊子‧消遙遊》）、「事物之至也如泉原」（《荀子‧君道》）。〔註173〕

李零贊成黃德寬的說法，將曾侯乙鐘此類字釋「也」。〔註174〕

　　案：因爲曾侯乙墓編鐘「也／号」異體太多，且將辭例讀作「某律之在某國『号』爲某律」或是「某律之在某國『也』爲某律」皆可，所以才會引發考釋的困難。筆者遵從裘錫圭、李家浩所說，因爲「ㄝ」字在〈曾侯乙鐘〉「某律之在某國△爲某律」的辭例中僅此一見，且大部分的字形都與「号」字較爲相近，且「号（號）爲」詞組也見於《戰國策‧秦策‧蔡澤見逐於趙》：

> 蔡澤相秦王數月，人或惡之，懼誅，乃謝病歸相印，號爲剛成君。
>
> 〔註175〕

故最後決定將〈曾侯乙鐘〉「某律之在某國△爲某律」的「△」字釋「号」。

## 四、同形原因說明

　　劉心源、容庚、甲詁按語都認爲甲骨文、金文「它」、「也」本同字都作「虵」形，〔註176〕但誠如李零所說，「它」、「也」至戰國時期，「也」字已分化作「ㄝ」。

---

〔註172〕 裘錫圭、李家浩，《曾侯乙墓鐘、磬釋文與考釋》注6，北京：文物出版社，1989年。

〔註173〕 黃德寬，〈說也〉，《第三屆國際中國古文字學研討會論文集》，香港：中文大學，1997年10月。

〔註174〕 李零，〈讀楚系簡帛文字編〉，《出土文獻研究》第五集注150，1999年8月。

〔註175〕 《戰國策》，220頁，臺灣古籍出版社，1978年。

〔註176〕 劉心源，《奇觚室吉金文述》，卷3，29頁，齊侯敦，1902年；《金文編》2147號；金詁1688號。

〔註177〕「号」字小篆作号，是「號」的簡體字，「號」的本字作虎，從虎，示虎嘷叫。《睡虎地秦墓竹簡》作譽，加「言」爲義符，西漢《馬王堆·老子甲》37作「弜」，「言」改爲「口」，指示符號「∫」形移到口下，並加上符號「二」。

〔註178〕因筆者贊成將《集》00321的「ﾚ」字釋讀作「号」，所以會和《集》00321欒書缶（春秋）的「ﾚ（也）」字同形。從字形演變推測，「号」字作「ﾚ」，乃因「也（ﾚ）」、「号（號）」二字彼此「形近訛誤」所致。

〔註177〕李零，〈讀楚系簡帛文字編〉，《出土文獻研究》，第五集、注150，1999年8月。

〔註178〕張世超，〈金文考釋二題〉，《于省吾教授百年誕辰紀念文集》，129～130頁，長春：吉林大學出版社，1996年9月。